Oetinger

Kirsten Boie

Eine Welt aus Büchern

KIRSTEN BOIE, 1950 in Hamburg geboren, ist eine der renommiertesten deutschen Kinder- und Jugendbuchautorinnen. Sie wurde bereits vielfach ausgezeichnet, u. a. mit dem Sonderpreis des Deutschen Jugendliteraturpreises für ihr Gesamtwerk. Darüber hinaus ist die promovierte Literaturwissenschaftlerin mit großem Einsatz auf dem Gebiet der Leseförderung aktiv. 2019 wurde ihr die Hamburger Ehrenbürgerwürde verliehen – als Anerkennung ihrer schriftstellerischen Tätigkeit und ihres Engagements für die Interessen und Lebenschancen von Kindern und Jugendlichen. Nicht nur »Paule ist ein Glücksgriff« – so der Titel ihres Debütromans –, sondern auch »Kirsten Boie ist ein Glücksfall für die deutsche Kinderbuch-Literatur« (NDR).

Kirsten Boie

Heul doch nicht, du lebst ja noch

Verlag Friedrich Oetinger · Hamburg

Mehr von Kirsten Boie (Auswahl)

Dunkelnacht

Es gibt Dinge, die kann man nicht erzählen

Erwachsene reden, Marco hat was getan

Nicht Chicago. Nicht hier

MIX
Papier aus verantwortungsvollen Quellen
FSC® C014496

Originalausgabe
3. Auflage

Einband von Weiß-Freiburg GmbH
– Grafik und Buchgestaltung –
unter Verwendung von Bildmaterial von © picture-alliance/ Deutsche Fotothek/ ZB; fotolia © hazel proudlove und © sebastian kaulitzki; shutterstock © Maxagar und © Alohaflaminggo
Außenlektorat: Susanne Klein
Druck und Bindung: GGP Media GmbH,
Karl-Marx-Straße 24, 07381 Pößneck, Deutschland
Printed 2022

ISBN 978-3-7512-0163-6

www.oetinger.de
www.kirsten-boie.de
www.möwenweg-stiftung.de

»Das Vergangene ist nicht tot. Es ist nicht einmal vergangen.«

WILLAM FAULKNER

Eine Liste der Begriffe und Ereignisse findest du am Ende des Buches.

Nacht von Freitag, 22. 6. 1945, auf Samstag, 23. 6. 1945

JAKOB

Jakob wartet. Wenn Herr Hofmann in dieser Nacht wieder nicht kommt, dann wäre es das zweite Mal. Inzwischen wird es nachts überhaupt nicht mehr richtig dunkel, daran merkt Jakob, dass es endgültig Sommer sein muss, Mittsommer vielleicht. Irgendwann ist er durcheinandergekommen mit den Strichen, die er mit Bleistiftstummel auf den Rand einer Zeitung gemalt hat, in die Herr Hofmann sein Essen eingeschlagen hatte, für jeden Tag einen. Irgendwann wusste er nicht mehr genau, ob er an diesem Tag schon einen Strich gemacht hatte oder nicht, da hat er es dann gelassen. Dass es Sommer wird, merkt er auch so. Er hat Angst vor dem Winter.

Solange es hell ist, kann Herr Hofmann nicht kommen, und es ist lange hell jetzt. Aber nun steht am Himmel der Mond, kalkig und gefleckt, fast schon voll; und selbst die Milchstraße ist zu sehen über der dunklen Stadt: Die Sterne haben sich in der Zeit der Verdunkelung den Nachthimmel zurückerobert wie die Ratten die Straßen. In der Nacht sieht Jakob sie laufen, ohne Angst. Auch Katzen sieht er in der Nacht, aber sie sind nicht zahlreich genug gegen das wachsende Heer der Ratten in den Ruinen. Und vielleicht begnügen sie sich ja ohnehin mit den Mäusen, die sind leichter zu erlegen, von denen gibt es auch genug.

Jakob beugt sich aus der Fensteröffnung, vorsichtig, trotz der grauen Dunkelheit. Auf der Straße, zwischen den Bergen aus Trümmerschutt, geht ein Liebespaar, eilig. Längst Ausgangssperre. Gilt natürlich nicht für sie.

Wenn Herr Hofmann heute wieder nicht kommt, weiß Jakob, dass sie ihn geschnappt haben. Jetzt müsste er eigentlich ein schlechtes Gewissen haben: geschnappt auf dem Weg zu ihm, mit seinem Essen, geschnappt seinetwegen.

Aber jetzt in der zweiten Nacht ist der Hunger so groß, da bleibt nicht auch noch Raum für sein Gewissen. Wenn Herr Hofmann heute Nacht wieder nicht kommt, wird er niemals mehr kommen. Dann wird Jakob selbst sehen müssen, woher er etwas zu essen kriegt. Dann wird er sich hinauswagen müssen aus seinem Wigwam, zum ersten Mal seit wie langer Zeit? Lange. Die Striche helfen ihm nicht mehr und es ist auch egal. Draußen ist doch immer noch alles, wie es war. Und er darf nicht darüber nachdenken, was geschieht, wenn sie ihn erwischen. Ohne etwas zu essen ist der Tod ihm gewiss.

Wenn sie ihn finden, vielleicht auch.

Samstag, 23. 6. 1945, nachmittags

TRAUTE

Traute hat sich gegen die Hauswand gelehnt. Die Sonne wärmt ihre bloßen Arme; wie gut, dass sie keinen Pullover braucht, der wäre ja sowieso zu klein. Sie muss nur auf den Streifen bloßer Haut oberhalb ihrer Knie sehen, dann weiß sie, dass sie schon wieder gewachsen ist. Mutti wird fluchen.

Wenn die Sonne scheint wie jetzt, könnte man glauben, es wären nur Sommerferien. Wenn nicht immer Ferien wären, schon lange. Auch nicht schlecht oder allmählich vielleicht doch.

Auf der Straße vor dem Haus spielen die Jungs Fußball. Es ist einer dazugekommen in der letzten Woche; nicht nur in ihrer Straße, überall sind nun mehr Menschen, mehr Frauen, sogar mehr Männer. Wie passen sie nur alle in die kleinen Wohnungen? Vor der Einquartierung haben kaum noch Kinder in ihrer verwüsteten Straße gewohnt, aber auf einmal gibt es überall immer mehr. Auch Mädchen. Aber hier sieht sie jedes Mal nur diese drei Jungs.

Mit den Schultern stößt Traute sich ab von der Wand und schlendert auf die Jungs zu. Mit Hermann muss sie reden, der ist der Älteste. Er trägt ein braunes Hemd mit Taschenklappen auf der Brust, aber jetzt, wo die Armbinde längst abgestreift ist, könnte es doch vielleicht auch ein anderes Hemd sein. Trotzdem, weiß ja jeder, was es ist. Tragen alle Uniformhemden, Uniformhosen, die Jungs, aber die HJ-Abzeichen haben sie entfernt.

Jetzt liegt der Ball bei Max. Ein alter Lederball, der hat vorher Max' großem Bruder gehört. Der braucht ihn ja nicht mehr. Da hat Max Glück gehabt, irgendwie.

Weil sie ihn sonst vielleicht nicht mitspielen lassen würden, Max ist ein lausiger Fußballspieler. So brauchen sie ihn, sie brauchen seinen Ball.

»Nein!!!!«, brüllt Hermann. »Den hätte ja ein Blinder mit dem Krückstock reingelegt!«

Max rennt, um den Ball zurückzuholen, der an den Torpfosten vorbei die Straße runterrollt. Sie ist hier nur wenig abschüssig Richtung Alster, aber das bisschen reicht schon aus. Der Kleine, der erst vor einer Woche aufgetaucht ist, guckt ihm nach. Bestimmt ist der aus dem Osten.

Vielleicht ist jetzt eine gute Gelegenheit. »Kann ich mitmachen?«, fragt Traute.

Hermann mustert sie vom Kopf bis zu den Füßen.

»Keine Weiber!«, sagt er.

Aus Richtung Innenstadt kommt ein Jeep.

»Scheiß Tommys!«, sagt Hermann. Er greift nach der Jacke, die sie als Torpfosten auf das Pflaster gelegt haben, da wo es schon frei geräumt ist. Den anderen Pfosten lassen sie stehen, einen Betonbrocken vom Trümmerfeld auf der anderen Straßenseite. Der Jeep kurvt drum herum, gerät mit einem Rad in den Trümmerschutt, der Fahrer sieht ärgerlich aus. Aber der Beifahrer lächelt den Kindern zu und schnipst eine Zigarettenkippe aus dem Wagen, dürfen die ja gar nicht.

Hermann entdeckt sie als Erster. »Meine!«, sagt er und steckt sie in die Brusttasche.

Der Kleine greift nach der Jacke und legt sie wieder hin. Bis das nächste Auto kommt, wird viel Zeit vergehen. Die Tommys haben ihre Patrouille gerade erledigt, und wer fährt denn hier sonst? Gibt doch keine Autos. Gibt doch kein Benzin.

Max kommt mit dem Ball zurück. Vielleicht ist es klüger, ihn zu fragen, nicht Hermann. Ihm gehört der Ball.

»Prima Ball!«, sagt Traute und lächelt Max an. Eigentlich kennt sie ihn auch nicht richtig. Als es noch Schule gab, war er auf der für die Jungs, und nachmittags hat sie ja mit ihren Freundinnen gespielt. Solange es die Häuser auf der anderen Straßenseite und dahinter noch gab, da haben viele gewohnt, das ist lange her. »Kann ich mitmachen, Max?«

Max sieht sie unsicher an. Vielleicht würde er gerne Ja sagen. Sie sind drei Jungs, das reicht nicht für zwei Mannschaften. Da können sie nur alle abwechselnd auf das Tor schießen.

»Ich hab schon oft Fußball gespielt!«, sagt Traute und lächelt immer noch. »Mit meinem Vater, wenn der auf Heimaturlaub war!« Gelogen, alles gelogen.

Aber das lässt Hermann sich nicht gefallen. Hatte er nicht schon Nein gesagt? »Hast du Kartoffeln auf den Ohren?«, fragt er. »Keine Weiber, hab ich gesagt! Spiel mit deinem Puppenwagen!«

Max zieht die Schultern hoch und sieht weg.

Traute weiß, wann es Zeit ist aufzugeben.

»Puppenwagen!«, sagt sie und zeigt Hermann einen Vogel. »Glaubst du, ich bin ein Säugling?«

Aber der hat Max schon den Ball weggenommen: »Gib her!«, und legt ihn sich zum Schuss zurecht. Der Kleine steht im Tor.

Traute lehnt sich wieder an die warme Mauer. Keine Schule, so lange schon nicht. Immer nur im Laden und in der Backstube helfen. Und wenn sie dann endlich nach draußen darf, lässt dieser grässliche Hermann sie nicht mitmachen.

Morgen wird sie es anders versuchen.

HERMANN

Die anderen sind alle gegangen, ihre Mütter haben sie nach Hause gerufen. Kinder!

Hermann ist vierzehn, vierzehn ist erwachsen. Er hätte in den letzten Kriegstagen sogar noch im Volkssturm mitmachen können, niemand hätte ihn gehindert; schließlich war er HJ-Führer gewesen! In seiner Kameradschaft hatten sie ihm gehorchen müssen, alle. Das war jetzt vorbei.

Zum Volkssturm hatte seine Mutter ihn nicht gelassen, Pflicht war das ja erst ab sechzehn. »Glaubst du, mir reicht es nicht, dass ich einen Krüppel in der Familie habe?«, hatte sie gebrüllt.

Aber Hermann wäre vorsichtig gewesen, Hermann ist schlau, Hermann hätte sich bestimmt nicht beide Beine wegschießen lassen. Hermann hätte hinter den Barrikaden gestanden und den Tommys mit seiner Panzerfaust gezeigt, dass sie gegen einen deutschen Jungen keine Chance haben, Panzerfaust, das hätte ihm gefallen.

Leider war das dann sowieso nicht mehr möglich gewesen.

Weil Gauleiter Kaufmann die Stadt kampflos übergeben hatte. Kampflos! Das stolze Hamburg! Es war eine Schande. Hatten sie dafür so lange gelitten? Und ausgerechnet den Tommys, deren Bombern sie all diese Ruinen zu verdanken haben. Und jetzt dürfen die hier mit ihren Jeeps durch die Straßen fahren und sich aufspielen. Wenn Hermann eine Granate hätte, wären bald ein paar von denen auch ohne Beine.

Hermann kickt einen Stein vor sich her. Von seinem rechten Schuh hat sich schon die Sohle gelöst, macht nichts. Ist ihm sowieso zu klein.

»Warum kann ich nicht Vaters Schuhe anziehen?«, hatte er böse gesagt, als er abends die engen Schuhe ausgezogen und seine verkrümmten, hochroten Zehen massiert hatte. »Der braucht sie doch sowieso nicht mehr!«

Der Vater hatte vom Küchensofa, auf dem er seine Tage verbrachte, heftig mit einer Krücke nach ihm geschlagen, wie er es immer tat. Das war das Einzige, was er noch konnte, das Einzige, wozu die Krücken gut waren. Gehen konnte er damit doch sowieso nicht.

»Die Schuhe bleiben im Schrank!«, hatte der Vater gebrüllt. »Die brauch ich, wenn ich meine Prothesen kriege!«

Die Mutter hatte ihm einen Blick zugeworfen, und Hermann hatte sich blitzschnell weggeduckt, um der Krücke auszuweichen. Die Mutter hatte mit einem eiligen Griff ihre Tasse vom Tisch genommen, damit der Vater sie in seiner Wut nicht mit der Krücke auf den Boden wischte. Eine neue Tasse würden sie nur schwer auftreiben können.

»Prothesen!«, hat Hermann gezischt, als er barfuß auf den

Flur verschwunden ist. Woher sollten die denn so schnell kommen? Gab doch so viele Männer, die Prothesen brauchten jetzt, und die Krankenhäuser waren zerbombt, waren überfüllt, auch keine Werkstätten, auch kein Geld. Versprochen hatten sie dem Vater die Prothesen schon, als sie ihm im Lazarett nach dem Granatentreffer die Beine abgenommen hatten, das eine kurz über dem Knie, das andere weiter oben. »Damit werden Sie wieder springen können wie ein junges Reh!«, hatte der Arzt aufmunternd gesagt. Er hatte in den letzten Jahren so viele Gliedmaßen amputiert, dass er längst nicht mehr zählte. Mitleid empfand er immer noch. »Wenn der Krieg zu Ende ist. Nach dem Sieg. Machen Sie sich keine Sorgen.«

So hatte der Vater es aus dem Feldlazarett erzählt, als sie ihn nach Hause gebracht hatten. Hatte er selbst daran geglaubt, damals? Prothesen, ha! Wer keine Beine mehr hat, hat keine Beine mehr.

Hermann kickt den Stein auf einen der vielen Trümmerhaufen am Straßenrand. Er will nicht zu Hause ankommen, er weiß doch, was ihn erwartet. Alle zwei Stunden soll er nach dem Vater sehen, das hat er versprochen. Um zu gucken, ob er ihn nach unten tragen muss, ins Zwischengeschoss, wo auf der halben Treppe die Toilette für ihre vier Mietparteien ist. Wie sollte der Vater da sonst wohl hinkommen?

Aber wenn er draußen ist, vergisst Hermann es immer wieder, will es vielleicht auch vergessen. Gestern hatte der Vater sich in der Zwischenzeit wieder eingepisst. Immer geht auch was neben die Flasche. Das will Hermann nicht jeden Tag erleben, inzwischen kriegen sie den Gestank gar nicht mehr aus der Küche. Er sitzt im Küchensofa fest.

Wenn Hermann so spät kommt, wird es Ärger mit der Mutter geben, am liebsten würde er sich hier draußen in den Ruinen verstecken. Aber woher sollte er da wohl Essen bekommen.

Hermann seufzt. Wenigstens ekelt er sich nicht mehr so sehr wie am Anfang.

Nacht von Samstag, 23.6.1945, auf Sonntag, 24.6.1945

JAKOB

Herr Hofmann ist wieder nicht gekommen, zum dritten Mal nicht.

Den Tag über hat Jakob gelesen, da konnte er den Hunger fast vergessen. Aber manchmal sind die Buchstaben auch vor seinen Augen verschwommen, darum weiß er, es wird Zeit, dass er etwas zu essen bekommt. Eine letzte Scheibe Brot hat er noch, und es hat ihn all seine Kraft gekostet, sie nicht hinunterzuschlingen. Damit er sie nicht immer sehen muss, hat er sie unter das schäbige Sofa geschoben. Egal, dass es darunter staubig ist.

Das Buch liest er schon zum dritten Mal. *Volk ohne Raum*. Es gefällt ihm nicht, Volk ohne Raum, das sind doch eigentlich sie, seine Leute, die Leute seiner Mutter; und wenn dies alles vorbei ist, wenn es ihn danach noch gibt; dann geht er nach Palästina wie Heinrich, von dem sie schon lange nichts mehr gehört haben. Aber vielleicht geht dieser Krieg auch nie vorbei und mit ihm die Zeit des Versteckspiels? Vielleicht kämpfen sie weiter, die Deutschen, bis sie doch irgendwo all das Land erobert haben, das sie haben wollen für ihr arisches Volk ohne Raum; und wenn Herr Hofmann jetzt nie mehr kommt, wie soll Jakob durchhalten ohne Essen, bis in alle Ewigkeit?

Auch das Buch gehört Herrn Hofmann, vielleicht hätte er bald wieder ein neues mitgebracht. Einmal hat er Jakob Karl May gegeben, *Winnetou* und *Der Schatz im Silbersee* und *Old Surehand*. Das waren glückliche Tage, als er die Bücher gelesen hat, da konnte Jakob sich wegdenken, da musste er sogar gar nicht denken, da war er im Wilden Westen unterwegs. Dahin würde er auch in Wirklichkeit am allerliebsten auswandern.

Den Wilden Westen gibt es nicht mehr, das weiß er von seinem Vater. Eisenbahnen und Automobile überall und die Indianer getötet oder verjagt, dabei war das doch eigentlich alles einmal ihr Land. Aber Amerika gibt es noch, dahin wollten seine Eltern mit ihm. Es gab nur kein Visum. Und dann war es ja sowieso zu spät.

Jakob sieht aus der Fensteröffnung nach draußen. Der Himmel ist bedeckt heute in der dritten Nacht ohne Herrn Hofmann, Wolken vor dem Mond und auch keine Milchstraße, das ist gut. In dieser Dunkelheit entdeckt ihn niemand so leicht. Er muss nur schleichen und horchen, ob er Schritte hört oder ein Auto. Autos fahren aber kaum noch. Wenn am Tag eins durch die Straße rollt, presst er sich in die hinterste Ecke des Zimmers, obwohl das natürlich ganz überflüssig ist. Wie sollten sie ihn hier im dritten Stock denn wohl entdecken? Sogar Soldaten, die oben aus ihren Panzerluken gucken, könnten ihn nicht sehen, sein Wigwam ist ja viel zu hoch oben. Herr Hofmann hat lange gesucht, bis er dieses Versteck gefunden hatte.

»Da bist du sicher!«, hat er gesagt. »Das glaubt keiner,

dass es in so einer Ruine noch einen bewohnbaren Raum gibt. Und wenn sie dich nicht mehr in meiner Wohnung aufstöbern können, bin ich auch sicherer vor der Hexe. Nur mit der Treppe hier, das wird vielleicht schwierig.«

Jakob wirft einen letzten Blick nach draußen, auf Eilbek, den Stadtteil, in dem die ausgebrannten Häuser stehen wie verkohlte Bäume im Wald nach einem Gewitterfeuer, schwarz und traurig. Nirgendwo Licht, woher sollte es wohl auch kommen. Und ist doch sowieso Verdunkelung.

Wer sollte ihn also beobachten, wer sollte ihm begegnen um diese Zeit; und wenn ihm einer begegnet, was würde der denken? Woran sollte der erkennen, wer Jakob ist? Für Deutschblütige gilt die Ausgangssperre nicht.

Er schiebt die Schatulle unter das fleckige Sofa, das seit Wochen sein Bett gewesen ist, neben das Brot. Seine Mutter hatte sie in seinen Rucksack gesteckt, als sie gegangen war. Da, wo sie sie hingebracht haben, trägt niemand Schmuck.

Jakob schluckt. Er will nicht daran denken. Niemand weiß doch genau, was sie mit denen machen, die sie in Güterwagen nach Osten fahren. Es gab so viele Gerüchte, seit es begonnen hat, ist schon fast vier Jahre her, da war er gerade zehn Jahre alt. Nur dass man keinen von denen jemals wiedergesehen hat, das steht fest. Nicht seine Tante Hanna, nicht seinen Onkel Wilhelm, seine beiden kleinen Cousins. Nur Heinrich ist schon lange in Palästina.

»Das ist nicht nur eine Umsiedlung!«, hat sein Großvater geflüstert, das war ganz kurz, bevor er selbst den Bescheid bekommen und seinen Koffer gepackt hatte wie befohlen.

»Wir sollen da nicht nur arbeiten!« Woher hatte er das wissen wollen?

»Geh nicht!«, hatte Jakobs Mutter gesagt.

Der Großvater hatte sie auf die Stirn geküsst. »Man muss wissen, wann man geschlagen ist, mein Mädchen!«, hatte er gesagt und war zum Logenhaus gegenüber dem Dammtor gegangen, aufrecht, so erstaunlich aufrecht für einen alten Mann. Seine Bücher und seine Geige hatte er Jakob geschenkt. Die hatte er nun auch nicht mehr.

Aber sie waren doch sicher gewesen, seine Mutter und er. Nicht mal den Stern mussten sie tragen. Da gab es schließlich den Vater, deutschblütig über Generationen. Eine Schande, ja das gewiss, das sagten die Braunen; eine Schande, dass er sich diese Jüdin zur Frau genommen hatte, Rassenschande: Aber war noch nicht verboten gewesen damals, war verboten erst seit zehn Jahren, da waren der Vater und die Mutter längst verheiratet, hatten sogar längst ihn, Jakob, ihren Sohn. Sogar in ihrer Wohnung durften sie bleiben, mussten nicht in ein Judenhaus.

Natürlich, ins Kino hatten sie zusammen schon jahrelang nicht mehr gedurft, weil das für die Mutter verboten war, ins Schwimmbad nicht, in den Park; und Jakob bald auch nicht mehr zur Schule. Und zu Fuß musste die Mutter gehen, keine Straßenbahn für sie, keine S-Bahn, und in der Nacht Ausgangssperre wie für alle Juden. Aber den Stern musste sie nicht tragen! Und sie waren doch wenigstens sicher gewesen, mussten nichts fürchten! Keine Umsiedlung, Aussiedlung, Evakuierung für sie, weil der Vater Arier war. Keine Gefahr, solange der Vater lebte. Hatte Jakob das jemals wirklich glauben können?

Im Osten, wo längst alle Länder deutsch waren, seit deutsche Truppen sie erobert hatten, waren solche wie er doch auch einfach nur Juden, wurden behandelt wie Juden, kamen ins Lager wie sie; und was dann aus ihnen wurde, waren Gerüchte. Wann wird es auch hier so sein? Es ist gut, dass Jakob in seinem Wigwam lebt.

Weil nichts wirklich sicher ist. Weil alles sich ändert, immer wieder, von einem Tag zum andern. Und niemals zum Besseren.

JAKOB

Jakob erinnert sich, wie der Vater den Bescheid bekommen hat. Der Vater! War doch deutschblütig über Generationen! Aber war nun auch jüdisch versippt. Das hätte er sich vorher überlegen müssen.

Im Herbst war der Brief gekommen. Organisation Todt, Baubataillone zur Trümmerräumung.

»Das wird Herr Schmechtel nicht zulassen!«, hatte der Vater gesagt, überzeugt. Herr Schmechtel war sein Chef, der ihn brauchte in der Buchhaltung, gab doch keine Männer mehr vier Jahre nach Kriegsbeginn, waren doch alle in der Wehrmacht, in Gefangenschaft, waren gefallen; und der Vater arbeitete schon so lange für ihn, wie gut für Herrn Schmechtel, dass jüdisch Versippte wehrunwürdig waren. Seit sieben Jahren schon führte der Vater Herrn Schmechtel die Bücher, seit sie ihn als Lehrer entlassen hatten schon. Konnte man denn einem jüdisch versippten Mann deutsche Kinder anvertrauen?

Herr Schmechtel hatte ihm seine Buchhaltung anvertraut, konnte nun nicht mehr auf ihn verzichten. Das schrieb er dem Aufräumungsamt, der Vater war beruhigt gewesen. »Wird ja nicht mehr lange gehen, der Krieg!«, hatte er gesagt. »Solange arbeite ich weiter für Schmechtel.«

Zwei Tage später war er nach Hause gekommen, geschlagen. »Herr Schmechtel hat Post gekriegt«, hatte er gesagt. »Der Reichsführer SS hat angeordnet, dass die männlichen einsatzfähigen jüdischen Mischlinge und jüdisch Versippten nunmehr ausnahmslos binnen drei Tagen aus den Betrieben herauszuziehen und der OT zum geschlossenen Arbeitseinsatz in Baubataillonen zu übergeben sind.«

Jüdisch versippt, das war der Vater. Jüdischer Mischling, das war Jakob. Aber war wohl noch zu jung. Mit dreizehn bekam man kein Schreiben.

»Aber du weißt doch nichts vom Bau!«, hatte die Mutter gerufen. »Was sollst du denn ...«

»Trümmer räumen kann jeder«, hatte der Vater grimmig gesagt. »Und Werkzeuge und Arbeitskleidung werden gestellt. In drei Tagen muss ich antreten.«

Zuerst hatten sie noch Angst gehabt, dass der Vater dann nicht mehr bei ihnen wohnen könnte, in eine Baracke ziehen müsste, ein Lager extra für die Männer der Organisation Todt. So hatte es geheißen, zu Anfang.

War aber schließlich doch nicht so gekommen. Gab ja keinen Wohnraum mehr in der zerbombten Stadt. Da waren sie beim Aufräumamt froh, wenn die Männer eine Bleibe hatten. Nur rechtzeitig auf dem Appellplatz erscheinen musste der

Vater jeden Morgen. Trotzdem, am Abend spät kam er zurück, mit staubbedeckter Kleidung, mit aufgerissenen Händen und so müde, dass er einschlief, ohne von seinem Tag zu erzählen.

Aber konnte doch alles nicht mehr lange dauern, konnte es doch nicht! Und sie waren ruhiger geworden, hatten sich gewöhnt. Der Vater ging am Morgen, kam wieder am Abend, wenn man nicht nachdachte, konnte man so tun, als wäre alles wie immer.

Bis dann die Nachricht kam. Bei den Aufräumarbeiten von einem Trümmerteil am Kopf getroffen. Ständig hatten sie Angst um die Mutter gehabt. Nun hatte der Vater vor ihr sterben müssen.

An die Tage danach erinnert Jakob sich nicht mehr genau, das will er auch nicht. Nur dass die Mutter ihn beiseitegenommen hatte, irgendwann, ganz ruhig. Trotzdem hatte ihre Stimme gezittert. Alles war anders geworden.

»Du musst das jetzt wissen, Jakob!«, hatte sie gesagt. »Mit deinem Vater verlieren wir unseren Schutz. Als seine Frau war ich geschützt vor der Umsiedlung, jetzt nicht mehr. Jetzt bin ich nur noch ich, nicht mehr die Frau eines Deutschblütigen. Und ich habe das J auf dem Pass und der Kennkarte und heiße mit zweitem Namen Sara. Du weißt, was das bedeutet.«

»Sie dürfen dich nicht holen!«, hatte Jakob gerufen. So hatten sie es ihm immer gesagt!

»Dein Vater ist tot, Jakob«, hatte die Mutter geantwortet. »Jetzt dürfen sie.«

Aber Jakob hatte es nicht verstehen wollen. Nun hatte er

schon den Vater verloren, brauchte er die Mutter da nicht noch mehr?

»Wenn ich wegmuss, musst du zu seinen Eltern gehen«, hatte sie gesagt. »Hörst du, Jakob? Die werden dich aufnehmen, bestimmt.«

Und Jakob war es kalt geworden. Die Großeltern kannte er nicht, sie hatten ihn auch nie kennenlernen wollen. Hatten sogar ihren Sohn nicht mehr gesehen, seit er sich in die falsche Frau verliebt hatte. Was sollte er bei denen? Und wieso sollten sie ihn auf einmal bei sich wohnen lassen?

Aber er hatte nicht widersprochen.

Die Mutter hatte ihm ein Blatt Papier gegeben. »Hier ist ihre Adresse!«, hatte sie gesagt. »Nur einmal quer durch die Stadt. Sie können dich nicht abweisen!«

Dann hatte sie ihn plötzlich in den Arm genommen. »Aber vielleicht passiert es ja auch gar nicht!«, hatte sie geflüstert und ihn fest an sich gepresst. »Kann doch alles nicht mehr lange dauern! Mach dir keine Sorgen, Jakob. Vielleicht passiert es auch gar nicht.«

Und als danach für sie niemals Post gekommen war, obwohl sie jeden Tag voller Angst auf den Briefträger gewartet hatten; als der Evakuierungsbefehl ausblieb und der Rundfunk fast täglich von Frontbegradigung berichtete; als zusätzlich zur Ostfront, die schon seit Jahren näher rückte, auch die Westfront immer mehr deutsche Städte überrollt hatte, durch Briten, Amerikaner: Da hatten sie zu hoffen begonnen.

Zu früh.

JAKOB

Es war Februar gewesen, die kälteste Zeit, und die Mutter hatte gesagt, er solle beten, den nächsten Winter würden sie vielleicht schon im Frieden erleben. Da war der Brief doch noch gekommen, Einschreiben.

»Ihre Evakuierung aus Groß-Hamburg wird hiermit befohlen. Der Abtransport wird umgehend durchgeführt. Ihr Barvermögen gilt als beschlagnahmt. Sie haben sich mit Ihrer Kennkarte, Pass, Arbeitsbuch und den Lebensmittelkarten in dem Haus Moorweidenstraße 36 (Logenhaus) einzufinden.«

Aber eine Gesundheitsuntersuchung zuerst.

»Dann müssen wir uns keine Sorgen machen, Jakob!«, hatte die Mutter gesagt, als der Bescheid gekommen war, dass sie als arbeitsfähig galt. »Wenn nur geht, wer arbeiten kann, ist es wirklich nur ein Arbeitslager! Wir hätten all die Jahre nichts auf die Gerüchte geben sollen!«

Jakob hatte nicht glauben können, dass sie wirklich überzeugt war. Wer war nicht schon alles nach Litzmannstadt, Minsk, schließlich Theresienstadt geschickt worden, und danach hatten sie nichts mehr gehört. Vielleicht bedeutete Theresienstadt Endstation. Vielleicht Durchgangsstation. Was war aus all den Menschen geworden, die sich seit vier Jahren an der Moorweide sammeln mussten, um vom Hannoverschen Bahnhof nach Osten zu fahren?

Jetzt also auch seine Mutter. Und dann er?

Nur das Nötigste sollte sie packen, aber die Mutter hatte trotzdem allen Schmuck in ihre Schatulle getan und die Schatulle in Jakobs Rucksack.

»Geh nicht!«, hatte Jakob gefleht, inzwischen längst alt genug, um zu verstehen und Angst zu haben wie sie.

Seine Mutter hatte ihm über den Kopf gestrichen. »Man muss wissen, wann man geschlagen ist, Jakob«, hatte sie gesagt und er hatte sich an den Großvater erinnert. Auch von ihm hatten sie nie mehr gehört.

»Wir könnten zusammen untertauchen!«, hatte er gefleht. »Du sagst doch selbst, der Krieg geht nicht mehr lange, und bis dahin …«

»Und wo?«, hatte sie müde gefragt.

Jakob hatte die Achseln gezuckt. »In den Ruinen ist doch genug Platz, um sich zu verstecken!«, hatte er gesagt. »Wenn wir es klug anstellen …«

Nur selten noch hatten nachts die Sirenen geheult, aber die Trümmerfelder, die die Angriffe hinterlassen hatten, erstreckten sich über Kilometer. Jakob hätte niemals geglaubt, dass diese starke Stadt, die seine Heimat war, so verletzlich sein könnte. Und hatte erschrocken gemerkt, dass er keinen Kummer spürte. Jeder Angriff brachte das Ende näher.

»Und zu essen?«, hatte seine Mutter gefragt. »Glaubst du nicht, Jakob, dass ich mir nicht auch schon Gedanken gemacht habe? Marken bekomme ich jetzt doch keine mehr.«

Jakob hatte auf die Schatulle gesehen. »Du könntest deinen Schmuck verkaufen!«, hatte er gebettelt. »Dann hätten wir Geld genug!«

Aber sie hatte nur gelächelt. »Und die Marken?«, hatte sie wieder gefragt. »Woher nehmen wir die?« Dass sie so ruhig blieb.

Und obwohl er da begriff, dass sie recht hatte – schon lange reichte zum Einkaufen ja nicht mehr das Geld, man brauchte Lebensmittelmarken, mit denen das Reich jedem Deutschen zuteilte, was ihm zustand, sogar den wenigen Juden, die in Mischehen noch übrig waren –, war er wütend gewesen. Es konnte doch nicht sein, dass sie sich so einfach fügte! Es konnte doch nicht sein, dass es keinen Ausweg gab! In seinen Büchern, die einmal Großvaters Bücher gewesen waren, gab es immer einen Ausweg.

Aber natürlich würde niemand das wenige Essen, das er auf seine Marken bekam und das kaum für einen Menschen allein zum Überleben reichte, mit ihnen teilen wollen, nicht einmal die besten Freunde. Und die besten Freunde waren ja ohnehin alle längst nicht mehr da.

Und die Freunde des Vaters? Ach, die Freunde des Vaters. Waren weniger und weniger geworden in den letzten Jahren, hatten die Straßenseite gewechselt. Von ihnen würde sicher keine Hilfe kommen.

»Warum dann die Schatulle?«, hatte Jakob böse gefragt. »Was soll ich damit?«

»Gib sie deinen Großeltern«, hatte die Mutter gesagt. Da hatte Jakob verstanden, dass sie sie bestechen wollte: Nehmt ihr meinen Sohn, bekommt ihr meinen Schmuck.

Und wenn die Männer von der Vermögensverwertungsstelle am Tag nach dem Abtransport der Mutter kommen würden, um die Wohnung auszuräumen und alles zu beschlagnahmen, wäre der Schmuck nicht mehr dabei. Vielleicht hatte ihr der Gedanke eine kleine Genugtuung verschafft.

Jakob seufzt und richtet sich auf dem Sofa auf. Wenn er jetzt nicht geht, geht er niemals mehr. Die Angst wird ja nicht kleiner. Er muss etwas zu essen auftreiben. Wenn er nichts zu essen auftreibt, verhungert er, dann ist es in wenigen Tagen vorbei. Er starrt auf das letzte Brot, das laut nach ihm ruft, als er nach der Schatulle greift, dann hält er es nicht mehr aus. Schon während er es hinunterschlingt, weiß er, dass es ihm den Magen nicht füllen wird.

Aber zuerst die Treppe.

TRAUTE

Am schwierigsten ist es, aus dem Zimmer zu schleichen und sich den Schlüssel zu schnappen, ohne jemanden zu wecken. Seit es die vielen Einquartierungen gibt, all die Menschen mit ihrer merkwürdigen Sprache aus Ostpreußen und Schlesien und Pommern und sonst wo im Osten, haben sie nur noch den einen Schlafraum für die Familie; und Traute weiß seitdem, dass ihr Vater schnarcht, als zersäge er jede Nacht angestrengt einen ganzen Baum; während ihre Mutter sich im Doppelbett hin und her wälzt, und ab und zu etwas vor sich hin murmelt im Schlaf.

Wenigstens hat sie ein Bett für sich allein. Vorsichtig setzt Traute die Füße auf den kalten Boden und der Bettrahmen knarrt ein bisschen. Dann greift sie nach ihren Kleidern, bevor sie in der Jacke des Vaters, die er am Abend über die Lehne des einzigen Stuhls im Raum gehängt hat, nach dem Schlüsselbund sucht. Es klirrt leise, als die Schlüssel beim Herausziehen aneinanderstoßen, und Traute hält den Atem an. Aber der Vater schnarcht weiter wie bisher und die Mutter dreht sich leise schnaufend auf die Seite.

Vorsichtig öffnet Traute die Zimmertür und wirft einen Blick auf den Flur. Alles ruhig. Die Mutter aus Lyck mit ihren zwei kleinen Kindern und der immer hustenden Großmutter, die noch mit einem der letzten Schiffe vor der Roten Armee in den Westen geflüchtet ist, macht im Wohnzimmer keinen Mucks. Das Wohnzimmer gehört jetzt denen.

Niemand auf dem Weg in die Küche, die sie sich nun alle teilen, niemand auf dem Weg zur Toilette, vor der sich am Morgen manchmal eine Schlange bildet. Sieben Menschen in dieser kleinen Wohnung sind zu viele. Aber gerade gehört der Flur ganz allein Traute.

Sie schleicht zur Backstubentür und schließt sie auf. Wie leer dort noch immer alles aussieht! An der Wand neben der großen Brotknetmaschine, die schon dasteht, solange Traute denken kann, lehnen zwei Säcke Mehl. Der Backtisch gegenüber dem Ofen ist so sauber gefegt, dass selbst in den Holzritzen der Maserung kaum mehr Spuren von Mehl zu entdecken sind. Nichts darf vergeudet werden.

»Für mehr Brot hat der Frieden jedenfalls nicht gesorgt!«, hat ihr Vater grimmig gesagt, als er am letzten Sonntag die Brot-Abschnitte der Lebensmittelkarten seiner Kunden auf die Sammelbögen geklebt hat, die er beim Großhändler abgeben muss, um neues Mehl zu bekommen. »Satt wird davon doch kein Mensch!«

Im Laden schimpfen die Menschen beim Einkaufen: »Die Tommys wollen uns aushungern!« Kaum tausend Kalorien am Tag für einen Erwachsenen! Und dann gibt es in den Läden noch nicht mal, was ihnen auf den Karten zusteht. Da ist es im Krieg ja besser gewesen! Die Tommys wollen sie wohl bestrafen, am liebsten wäre ihnen wohl, alle Deutschen, die sie mit ihren Bomben nicht ausgelöscht haben, würden jetzt noch verhungern! Bestimmt verteilen die Tommys all das Brot und das Fleisch und die Milch, die in den Läden fehlen, an ihre eigenen Leute, an ihre vielen Tausend Soldaten, die den Menschen überall in der Stadt täglich zeigen, wer diesen Krieg gewonnen hat. Nichts zu essen für die Besiegten.

Traute seufzt. Und die wunderbaren Torten, an die sie sich noch so gut erinnert, Torten zu Hochzeiten und runden Geburtstagen und Konfirmationen, waren schon lange ganz verschwunden. Nicht mal trockener Kuchen wurde in dieser Backstube mehr gebacken. Wer Kuchen wollte, musste dem Bäcker auch seine Zuckermarken geben. Wer wäre wohl schon so verrückt gewesen.

Der Zuckersack ist weggeschlossen, aber Zucker sucht Traute auch gar nicht. Sie sieht auf den Backstubenwagen, auf dem sich auf übereinandergestapelten Blechen früher die Kuchen gedrängt haben, frisch aus dem Backofen, die Brötchen, die Brote. Jetzt liegen auf einem einzigen Blech wie verloren noch zwei Brotlaibe, übrig geblieben vom Vortag. Nach einem davon greift Traute und schiebt ihn sich halb unter ihre Jacke. Ist sie verrückt? Ist es das wert?

Die Bäckereitür schließt sie hinter sich ab, als sie auf die zerbombte Straße tritt, von der noch nicht einmal die Berge Trümmerschutt vor den Ruinen weggeräumt sind.

»Wir haben so ein Glück gehabt!«, sagt ihre Mutter immer wieder, die doch niemals in die Kirche gegangen ist. »Sprecht mal ein Dankgebet!«

»Bei so einem Gott bedanke ich mich nicht!«, schnaubt dann der Vater. »Der auf der anderen Seite war! Sieh dich doch um!«

Aber ihre Mutter schüttelt den Kopf, doch, sie ist dankbar, egal, was ihr Mann sagt. Weil keine Bombe sie getroffen hat, bei keinem der vielen Angriffe, während um sie herum die Straßen in Schutt und Asche zerfallen sind. Er muss sich doch nur umsehen! Nur noch drei weitere Häuser in der Straße fast unzerstört, dahinter beginnt das weite, menschenleere Gelände der Trostlosigkeit.

Dorthin ist Traute jetzt unterwegs.

JAKOB

Als Herr Hofmann Jakob damals zum Versteck gebracht hat, in einer mondlosen Märznacht muss das gewesen sein, noch immer waren die Nächte eisig, hatte er ihm als Erstes triumphierend die Treppe gezeigt.

»Da!«, hatte er gesagt. »Wer soll da schon hochkommen, was?«

Es war ein hohes Haus, eins von den stuckverzierten Bürgerhäusern, in denen die Wohnungen viele Zimmer hatten, und auf den ersten Blick sah es aus, als stünde nur noch die Fassade. Aber wenn man genauer hinsah, gab es auch noch Geschossdecken, Zimmerwände, in manchen Fensterrahmen blitzten sogar noch Scherben von Fensterglas auf, wenn der Mond für einen Augenblick hinter den Wolken auftauchte.

Aber das Treppenhaus war an einer Seite weggebombt. Allein die hölzerne Treppe schwebte noch im freien Raum, schwebte wirklich, begann erst hoch über dem Boden in einem merkwürdigen Winkel, fast waagerecht. Wie um Himmels willen hatte sie den Feuersturm überstanden?

»Nun pass auf!«, hatte Herr Hofmann triumphierend gesagt.

Niemand würde auf den Gedanken kommen, dass in dieser Ruine noch irgendwer lebte. Wie sollte ein Mensch die oberen Stockwerke denn überhaupt erreichen?

Von seiner Schulter hatte Herr Hofmann das dicke aufgerollte Seemannstau genommen, Jakob hatte schon überlegt, wozu das gut sein sollte. Er hatte nicht gefragt. Antworten gab Herr Hofmann nur, wenn ihm danach war. »Halt mit fest!«

Dann hatte Herr Hofmann das Tau um die unterste Stufe geschlungen und mit einem Seemannsknoten festgemacht, von dem Jakob nicht wusste, wieso er den als Tischler überhaupt kannte; er hatte gezogen, gezogen und Jakob mit ihm.

Ganz langsam hatte die Treppe sich gesenkt, hatte sich, Zentimeter für Zentimeter, auf den Boden zu bewegt, bis sie ihn schließlich berührt hatte. »Und nun festmachen!«

Einsam stand, noch immer einigermaßen fest in den geborstenen Fliesen verankert, der massive Pfosten des Geländers, von dem die Druckwelle die Treppe weggerissen hatte. Herr Hofmann befestigte das Tau.

»Was sagst du nun?«, hatte er gefragt.

Jakob hatte gar nichts gesagt. Als er die Treppe gesehen hatte, hatte er einen Augenblick gehofft, dass nichts aus dem Versteck werden würde. Er hatte nicht weggewollt aus Herrn Hofmanns kleiner Wohnung. Sie war zwar nicht warm gewesen, aber wenigstens war er da nicht allein.

In dieser Ruine würde er allein sein. Und er mochte sich nicht vorstellen, wie eisig es in der Nacht sein würde, obwohl Herr Hofmann ihm nicht nur seine Wolldecke mitgegeben hatte, sondern sogar sein Daunendeckbett.

Aber er konnte verstehen, dass der alte Mann täglich um sein Leben zitterte, solange er Jakob bei sich versteckte. Die Nachbarin war doch schon misstrauisch geworden. Und wenn man die Nachrichten verfolgte, selbst die erlaubten, musste jedem klar sein, wie schlecht es um Deutschland stand. Dass mehr und mehr Boden an die Russen fiel, an die Amerikaner, die Engländer ... Da wurden sie wild, die Braunen, da wuchs ihre Angst, da gab es keine Gnade mehr für die, die sie in den letzten Tagen noch erwischten.

Nein, er konnte Herrn Hofmann verstehen. Vielleicht würde der Krieg ohnehin nicht mehr lange gehen, Jakob würde es bis dahin auch allein aushalten.

Sie waren drei Stockwerke nach oben gestiegen, man musste schwindelfrei sein: Neben der Treppe gähnte rechts der Abgrund. Dann waren sie in die Wohnung gekommen, in das Zimmer, aus dessen Fensterhöhle Jakob weit über die Trümmerlandschaft der Stadt blicken konnte.

»Hier findet dich keiner!«, hatte Herr Hofmann grimmig gesagt. »Ich komme regelmäßig und bringe dir zu essen.«

Jakob hatte genickt. Er hätte sich wieder dafür bedanken müssen, dass Herr Hofmann, ohne darüber zu sprechen, die schmale Zuteilung seiner Lebensmittelkarte mit ihm teilte. Jakob sah doch selbst, wie der Alte immer magerer wurde, seine Hose, seine Wolljacke schlotterten an ihm. Aber als er das einmal gesagt hatte, hatte Herr Hofmann böse abgewinkt.

»Nun hab ich mich auf dich eingelassen, nun zieh ich das auch durch!«, hatte er mit dieser Stimme gesagt, die für einen alten Mann noch erstaunlich kräftig war. »Und es geht ja nicht mehr lange, also kein Wort mehr!«

Da hatte Jakob die Schatulle geöffnet. »Nehmen Sie sich, was Sie wollen!«, hatte er geflüstert. Er war sicher gewesen, dass es seiner Mutter recht gewesen wäre.

Aber Herr Hofmann hatte beinahe zornig den Kopf geschüttelt. »Das wirst du noch brauchen!«, hatte er gesagt. Da war Jakob still gewesen.

Wasser war kein Problem, dafür hatte Herr Hofmann auch gesorgt. Ein Eimer stand unter dem geborstenen Regenrohr, das er durchs Fenster in die ehemalige Küche gezogen hatte, ein zweiter daneben. Verdursten würde Jakob nicht.

»Zufrieden?«, hatte Herr Hofmann gefragt.

Jakob hatte genickt. Was sollte er auch sagen.

Schließlich war Herr Hofmann verschwunden, damals in der Nacht im März, und Jakob hatte das merkwürdige Geräusch gehört, als die Treppe wieder nach oben geschneppt war. Herr Hofmann hatte das Tau gelöst. Nun würde ihn niemand in seinem Versteck finden.

TRAUTE

Schon lange hat Traute in einer der Ruinen ihr Versteck. Als die Einquartierung gekommen ist, all diese unbekannten Menschen, von denen man doch nicht wissen konnte, wie ehrlich sie sein würden, hatte ihre Mutter den Schmuck erst unter der Matratze versteckt und danach doch lieber in der Backstube. Weil deren Tür zum Flur ständig abgeschlossen war.

Da hatte Traute ihre wichtigsten Sachen auch in die Backstube bringen wollen.

»Was glaubst du, was das hier ist?«, hatte ihr Vater geschnauzt. Ihr Ranzen mit den Büchern und Heften hatte bleiben dürfen, aber ihre Brettspiele und die Rollschuhe und all die Spielsachen, für die sie eigentlich längst zu alt ist und die sie doch immer noch liebt, auch ihre beiden alten Stoffpuppen mit dem Schildkrötkopf, hatte sie zurücknehmen müssen. Da hatte sie die Sachen in die Ruinen getragen. Auch die Armbanduhr, die sie von der Großmutter zum zwölften Geburtstag bekommen hatte und bei der nur das Uhrwerk gerichtet werden musste. Wer besaß schon eine Armbanduhr.

Den leeren Puppenwagen und die Puppenstube hatte sie den Einquartierungskindern gegeben. Sie wären für ihr Versteck sowieso zu groß und auffällig gewesen.

Auf der Straße ist es ruhig, nur ein paar Ratten huschen, aufgestört durch Trautes Schritte, vor ihr über den Schutt und verschwinden in einem Kellerfenster. Sie will nicht darüber nachdenken, was sie dort tun. Kein Mond, keine Sterne, der Himmel ist dunkel. Darüber hätte sie sich noch vor wenigen

Wochen gefreut: So konnten die Bomber die Häuser unter den Wolken schlechter erkennen, so fühlten sie sich sicherer in der Stadt.

Aber im Frieden kommen keine Bomber mehr, und ein bisschen Licht wäre schön, als Traute nun vorsichtig über die Trümmer steigt, bis zu dem Haus, in dem sie in einem Erdgeschossraum, dem Fensterglas und eine Wand fehlen, ihr Versteck hat.

Sie sieht mit einem Blick, dass noch alles da ist, und streicht dem Puppenjungen über seine Zelluloidhaare. Wäre es vielleicht nett, wenn sie Anton den Einquartierungskindern auch noch schenken würde? Jetzt, wo sich die kleine Martha immer glucksend an ihr Bein klammert, um sich daran aufzurichten, wenn Traute über den Flur geht; bald wird Martha stehen und laufen können.

Traute setzt Anton vorsichtig zurück. *Ausleihen* vielleicht. Zurückhaben will sie ihn auf alle Fälle. Sie wird darüber nachdenken.

Dann greift sie unter ihre Jacke.

JAKOB

Jakob seufzt. In dieser Nacht muss er die Treppe nach unten steigen, ohne dass sie festgebunden ist. Hier oben ist sie noch stabil in der Wand verankert, sieht aus wie jede Treppe in jedem Haus. Nur zur Seite darf er nicht gucken, nicht nach unten, wo der Abgrund in der Dunkelheit bodenlos scheint.

Im ersten Stock erst beginnt es. Die Treppe ist aus der Wand gerissen, das Geländer fehlt; und als Jakob den Fuß auf die oberste Stufe setzt, beginnt sie zu schwingen, ganz leicht. Jakob bleibt stehen, sein Herz schlägt. Es wäre gut, wenn es noch das Geländer gäbe, etwas zum Festhalten; aber jetzt ist es ja nicht mehr hoch, das muss er sich sagen, fünf Meter vielleicht, selbst wenn er fallen sollte. Aber fallen wird er nicht, sein Gewicht drückt die Treppe ja nach unten, dem Boden zu, und wenn er Glück hat, trifft die unterste Stufe gleich wieder auf die Erde.

Sein Gewicht reicht nicht aus, hat zu wenig gegessen die letzten Jahre. Je tiefer er kommt, desto stärker wippt die Treppe, und Jakob sieht, dass er den letzten Meter springen muss.

Was ist schon ein Meter? Hinter ihm schneppt die Treppe wieder hoch, nicht so heftig, als wäre sie vorher angebunden gewesen vielleicht, aber zumindest ein bisschen hat sein Gewicht sie also doch nach unten gedrückt.

Jakob merkt erleichtert, dass er auch ohne Tau wieder nach oben kommen wird, zurück in sein Versteck. Er muss sich nur mit den Ellenbogen auf der untersten Stufe abstützen und dann hochziehen. Und nun, wo er weiß, dass die Treppe schon vom ersten Stockwerk an nach oben hin stabil ist, ist seine Angst nicht mehr so groß. Seine Angst vor der Treppe.

Bleibt die Angst vor der Nacht auf der Straße, vor dem Entdecktwerden. Und davor, dass er nichts zu essen findet, darum ist er schließlich unterwegs. Dabei, was glaubt er denn wohl? Wo doch die Menschen alle so wenig zu essen haben, da werden sie bestimmt keine Reste wegwerfen, nach denen er sich nur bücken müsste, da werden die Türen zu Wohnungen und Läden abgeschlossen und verriegelt sein. Und ein Fenster einschlagen geht nicht. Das wäre viel zu viel Lärm, da würden sie ihn schnappen.

Jakob sieht sich vorsichtig um. Wenn er so genau weiß, dass er nichts finden wird, warum versucht er es dann überhaupt? Setzt sich der Gefahr aus, vor der er doch geflohen ist?

Weil es keine andere Möglichkeit gibt, wenn er nicht den Putz von den Wänden essen will, so einfach ist es. Das hier ist wenigstens ein Versuch. Wäre er in seinem Versteck geblieben, hätte das Aufgeben bedeutet.

Jakob merkt nicht, wie er seine Zähne so fest zusammenbeißt, dass sie knirschen. Und aufgeben, das wird ihm auf einmal klar, wird er nie. Bis zum Schluss wird er immer alles versuchen, egal, wie groß die Gefahr und die Angst sein mögen. Wenn er sterben muss, will er sich wenigstens nicht auch noch verachten müssen.

Kein Mensch auf der Straße, graue Sommernacht. Jakob überlegt, was er auf dem nächtlichen Weg unterwegs von Herrn Hofmanns Wohnung vor so vielen, längst nicht mehr gezählten Tagen gesehen hat, das ihm helfen könnte. Gibt es hier noch Geschäfte? Vielleicht mit einem Lager im Hof, einem Schuppen voller Waren, vielleicht ohne Wachhund? Kann doch niemand mehr einen Hund füttern jetzt. Ja, danach muss er suchen. Vielleicht gibt es irgendwo einen Schuppen, dessen Tür er aufbrechen kann. Vielleicht ein Kartoffellager. Wie er die Kartoffeln kochen soll, wird sich dann schon klären. Irgendetwas.

Die Bäckerei fällt ihm erst wieder ein, als er sie ohnehin

fast erreicht hat. Für einen Augenblick durchzuckt ihn der Gedanke, wie unsinnig das ist, eine Bäckerei in einer vollkommen zerbombten Straße. Von woher sollen denn da die Kunden kommen? Aber natürlich kommen sie. Wo es etwas zu essen gibt, da sind auch Menschen.

Als er das Mädchen sieht, kann er es zuerst nicht glauben. Solche Zufälle gibt es doch nicht! Wie ein Schatten kommt sie aus der Ladentür und läuft gebückt die Straße hinunter. Hat sie abgeschlossen? Mit wenigen Sätzen ist Jakob an der Tür. Nein, solche Zufälle gibt es nicht. Die Tür lässt sich nicht öffnen.

Aber noch ist das Mädchen nicht zwischen den Ruinen verschwunden. Und sie ist allein.

»Vergib mir, Herr!«, flüstert Jakob.

Er war nie besonders stark, und er weiß, dass er jetzt, wo er ausgehungert ist, sicher noch viel weniger Kraft hat. Aber das Mädchen ist nur ein Mädchen. So leise er kann, schleicht Jakob ihr hinterher. Und sie dreht sich nicht um.

Wenn sie hinter sich abgeschlossen hat, muss sie den Schlüssel noch bei sich tragen. Er darf nicht zimperlich sein. Er darf nicht daran denken, dass er ihr wehtut. Er muss zuschlagen, mit aller Macht.

Jakob bückt sich und greift nach einem Ziegelsteinbrocken. Gegen den Kopf, so kräftig, dass sie das Bewusstsein verliert. Aber nicht so kräftig, dass sie stirbt.

Woher soll er wissen, wie kräftig das ist?

»Hilf mir, Herr!«, flüstert Jakob. »Vergib mir, Herr!«

Nur für einen kurzen Moment kommt der Mond hinter

einer Wolke hervor, lange genug, dass Jakob erkennt: Das Mädchen verbirgt etwas unter seiner Jacke. Dann verschwindet sie in einem Haus mit toten Fenstern.

Jakob schleicht fast lautlos hinter ihr her. Jetzt muss er es tun, hier ist es gut. Auch auf der Straße war ja alles menschenleer, aber wer kann wissen, ob nicht doch in irgendeiner Ruine noch ein Mensch lebt wie er und im Dunkeln aus dem Fenster guckt? Hier drinnen kann ihn niemand beobachten. Jetzt muss er es tun. Er braucht den Schlüssel. Jakob packt den Stein fester.

Das Mädchen verschwindet um eine Ecke. Jakob beugt sich vor und sieht ihr nach. Der Schutt unter seinen Füßen darf nicht knirschen, er muss sie überraschen. Wenn sie ihn bemerkt, wird sie sich wehren, und er weiß nicht, ob er noch zuschlagen kann, wenn er ihr dabei ins Gesicht sehen muss.

Was tut sie da? Sie beugt sich über einen Stapel, hebt eine Puppe hoch und streichelt ihr über den Kopf. Eine Puppe! Ist sie dafür in der Nacht aufgestanden und aus dem Haus geschlichen? Wie soll Jakob ein Mädchen bewusstlos schlagen, das seine Puppen liebkost?

Aber er braucht den Schlüssel.

Nun greift sie nach einer zweiten Puppe. Jakob tut einen weiteren Schritt auf sie zu, ist schon fast hinter ihr; er hebt den Arm.

Da zieht sie unter ihrer Jacke etwas hervor und legt es auf den Stapel Kartons, auf dem eben noch die beiden Puppen gesessen haben.

Jakob spürt, wie alles Blut seinen Kopf verlässt, alles dreht sich. Ein Brot! War das eben ein ganzer Brotlaib?

Sein Arm senkt sich und zittert, dass er Angst hat, gleich ohnmächtig zu werden.

Sie legt beide Puppen bäuchlings über das Brot, als wollte sie es unter ihnen verbergen. Dann dreht sie sich um.

Jakob macht einen schnellen Schritt zurück, verschwindet um die Ecke in einen anderen Raum, fleht wortlos den Himmel an, dass sie ihn jetzt nicht noch hört.

Aber das Knirschen unter ihren eigenen Füßen übertönt das unter seinen. Sie verschwindet aus dem Haus und läuft zurück.

Jakob lässt den Steinbrocken fallen. Seine Arme und Hände zittern immer noch, sein Atem geht schnell. Er zieht das Brot unter den Puppen heraus, sie fallen zu Boden, er beachtet sie nicht. Ein Brot, ein ganzer Brotlaib! Er lässt sich zu Boden gleiten und schlägt seine Zähne hinein, er kaut und schluckt und kaut.

Solche Zufälle sind unmöglich. Solche Dinge geschehen nicht.

Jakob lehnt sich mit dem Rücken gegen die Wand und schluchzt auf. »Danke, Herr!«, flüstert er. Er hat das Mädchen nicht niederschlagen müssen. Er hat einen ganzen Brotlaib gefunden, frisches, noch ein wenig duftendes Brot, das ihm über die nächsten Tage helfen wird. Er wird nicht verhungern. Fürs Erste wird er nicht verhungern.

Jakob schlingt Bissen nach Bissen hinunter. Dann schaltet sich sein Verstand wieder ein und erschrocken legt er das

Brot zur Seite. Er bleibt auf dem Boden sitzen und wartet, bis er glauben kann, dass seine Füße ihn zurücktragen werden.

Mit dem Rest des Brotes wird er sparsam umgehen müssen. Aber zum ersten Mal seit langer Zeit hat Jakob beinahe das Gefühl, satt zu sein.

TRAUTE

Das Brot hat sie auf den Stapel mit den Brettspielen gelegt, dann hat sie Anton und Anita darüberplatziert, damit man es nicht sofort entdeckt. Aber wenn bisher niemand ihr Versteck aufgespürt hat, wird auch bis morgen niemand ihr Versteck aufspüren. Zu Hause lässt sie die Schlüssel wieder in die Jackentasche ihres Vaters gleiten und schlüpft leise unter ihre Decke. Der Bettrahmen knarrt.

War das klug? War es das wert? Sie denkt an die langen Tage vor ihr, keine Schule, keine Freundinnen, kein Mädchen im weiten Umkreis der Trümmerstraßen. Und jeden Tag die Jungs, die sie nicht dabeihaben wollen.

Das wird man jetzt ja sehen.

HERMANN

Hermann wird von dem Lärm geweckt, der aus dem Zimmer der Eltern kommt. Nachts muss er auf dem Küchensofa schlafen, für die Nacht trägt er den Vater ins Schlafzimmer, wo er sich mit der Mutter das Doppelbett teilt. Obwohl sie das Sofa mit Hermanns Laken bezogen haben, fühlt es sich unter ihm noch feucht an. Selber schuld. Er hätte ja regelmäßig nach dem Vater sehen können.

»Du kommst her!«, brüllt der Vater nebenan. »Hast du vergessen, was du bei der Trauung in der Kirche geschworen hast? Was ist denn das für eine Frau, die nicht für ihren Mann da sein will?«

Hermann zuckt zusammen. Er ist vierzehn, er versteht, wovon der Vater redet. Und warum es ihm so wichtig ist, wichtiger als anderen Männern vielleicht.

Denn das kann er ja noch. Da hat die Granate ihn verschont. Und immer wieder will er, dass die Mutter zu ihm unter die Decke kriecht, Nacht für Nacht, dann hört Hermann das Stöhnen.

»Kannst du mir nicht einfach glauben, dass ich müde bin?«, ruft die Mutter. »Ich hab den ganzen Tag geschuftet!«

»Du kommst jetzt her!«, brüllt der Vater. »Da bin ich so gut wie jeder andere auch! Dafür braucht man keine Beine! Willst du wohl gehorchen!«

»Gehorchen?«, schreit die Mutter. »Was hast du mir zu befehlen? Wer verdient denn hier das Essen für uns alle?«

Hört Hermann einen Schluchzer? Die Wände sind einfach zu dünn.

Als Hermann am frühen Abend nach Hause gekommen ist, hatte der Vater das Sofa wieder eingenässt. Und hat gebrüllt. Kann er überhaupt noch in normaler Lautstärke sprechen?

Hermann hatte ihn sofort nach unten tragen müssen, in der nassen Hose, deren Hosenbeine die Mutter mit Sicherheitsnadeln hochgesteckt hat. Hermanns Rücken war nass geworden, aber es war eilig gewesen, kaum hatte er den Vater auf die Toilette gesetzt, die Hose vorher nach unten gezogen, da hatte der schon erleichtert gestöhnt. Der Gestank war sofort bis ins Treppenhaus gedrungen, Hermann hatte noch nicht mal die Tür schließen können.

Frau Kalinowski hatte aus ihrer Wohnungstür geguckt. »Dauert das noch lange?«, hatte sie gefragt.

Frau Kalinowski und ihr Mann beten immerzu, sind in einer Sekte, war ja alles verboten. Jetzt ist es wieder erlaubt, und sie sprechen ständig vom Herrn Jesus, es ist nicht auszuhalten.

Sollten Menschen, die vom Herrn Jesus sprechen, nicht warten können, wenn ein Krüppel sich endlich erleichtern darf?

»Keine Ahnung, wie lange es dauert!«, hatte Hermann gesagt.

Danach hat Hermann sogar vergessen, dem Vater die Tommy-Kippe zu geben.

Und nun liegt der Vater da im Ehebett und brüllt nach seiner Frau und will ihr befehlen. Hermann hält sich die Ohren zu. Er denkt, wie lange das schon geht. Er fragt sich, wie lange das noch gehen soll. Er fragt sich, wann er endlich wegkann, eine Lehre machen, fliehen, irgendwohin. Aber er wird ja immer zu Hause bleiben müssen. Wer sollte den Vater sonst auf dem Rücken tragen?

»Wozu bin ich denn überhaupt noch am Leben?«, schluchzt der Vater. »Ich bin doch auch noch ein Mann! Wenn du mich nicht mal mehr auf dich drauflässt …«

»Du weckst den Jungen auf!«, sagt die Mutter kalt.

Aus dem Schluchzen wird ein Heulen. »Dann bin ich doch

nicht mal mehr ein Mann!«, heult der Vater. Wie sehr Hermann ihn verachtet. »Was ist das Leben denn dann noch wert?«

Aber die Stimme der Mutter klingt eisig. »Ich will schlafen!«, sagt sie. »Häng dich doch auf! Ich muss morgen wieder arbeiten.«

Der Vater heult.

Nicht mal aufhängen könnte er sich ja ohne unsere Hilfe!, denkt Hermann.

Er nimmt seine Bettdecke und legt sich für den Rest der Nacht auf den trockenen, harten Küchenboden.

Sonntag, 24. 6. 1945

TRAUTE

Schon lange wacht Traute nicht mehr auf, wenn der Vater morgens um vier Uhr aufsteht, um in die Backstube zu gehen. Aber an diesem Morgen weckt sie sein Gebrüll.

Ein Blick aus dem Fenster zeigt ihr, dass es gerade erst hell ist, Sommermorgen. »Sie werden mir das jetzt zurückgeben!«, brüllt der Vater. »Sofort!«

Traute schleicht zur Tür zum Flur und öffnet sie gerade so weit, dass sie hören und sehen kann, was draußen vor sich geht.

Auf dem durchgetretenen Flurläufer steht der Vater in seiner verwaschenen Pepita-Bäckerhose und dem weißen Kittel wütend vor der kleinen Frau Makuleit. »Wir haben Ihnen vertraut! Wir haben Sie, ohne zu murren, bei uns aufgenommen! Meine Frau geht noch heute aufs Wohnungsamt, die sollen Sie rausschmeißen! Diebstahl ist auch bei den Tommys nicht erlaubt! Meinetwegen können Sie gerne sehen, wo Sie bleiben! Hier jedenfalls nicht!«

Die kleine Frau Makuleit schüttelt unablässig den Kopf. »Nein, bitte, nein!«, ruft sie. Ihr dünnes, graues Haar fällt ihr in einem Zopf über den Rücken, am Tag wird sie den wieder hochstecken. Sie hat sich nur ihren verschlissenen Mantel über das Nachthemd geworfen. Zum Anziehen war keine Zeit, als der Vater mit seinen Fäusten gegen die Wohnzimmertür geschlagen hat. »Wir würden Sie doch niemals bestehlen! Bitte! Niemals! Und wie sollten wir denn in Ihre Backstube gekommen sein?«

Sie sagt »nejn« und sie sagt »jakommen«.

»Erklären *Sie* es mir!«, brüllt der Vater. Aus dem Wohnzimmer, das sich jetzt die vier Makuleits teilen, krabbelt die kleine Martha und klammert sich verschreckt an die Beine ihrer Mutter. Frau Makuleit beugt sich nach unten und nimmt sie auf den Arm.

»Wer hätte denn sonst in die Backstube kommen können?«, ruft der Vater. »Nur Sie konnten doch den Schlüssel aus unserem Zimmer stehlen! Oder hatte ich die Tür offen gelassen? Gut, wenn Sie es nicht waren, dann war es Ihre Schwiegermutter! Das ist mir auch egal! Aber so ein Brotlaib löst sich schließlich nicht in Luft auf! Ich will das Brot zurück! Sofort! Und Sie gehen!«

Traute zieht lautlos die Schlafzimmertür zu. Sie spürt, wie heftig ihr Herz schlägt. Natürlich wünscht sie die Makuleits zum Teufel, die sich in ihrer Küche drängeln, vor ihrer Toilette, die mit diesem albernen Dialekt sprechen, über den Traute nur lachen könnte, wenn er sie nicht so wütend machen würde. Sie will nicht, dass diese Menschen bei ihnen wohnen dürfen! Aber sie will auch nicht, dass der Vater sie verdächtigt.

Wie hat sie bloß glauben können, der Vater würde nicht bemerken, dass das Brot fehlt? Er muss doch seine Marken abrechnen. Er muss doch geradestehen für das, was in seinem Geschäft passiert.

Aber nun verdächtigt er Makuleits. Und sie ist schuld.

»Sie bekommen im nächsten Monat unsere Brotmarken!«, ruft Frau Makuleit. »Bitte! Wir sind es nicht gewesen, aber um des lieben Friedens willen …«

Sie sagt »jawesen«, und wie sie das R rollt, ist lächerlich. Traute will sie lächerlich finden. Und wenn ihr Vater Makuleits Brotmarken bekommt, ist doch alles gut. Dann zeigt er sie bestimmt nicht an.

Traute schleicht zurück zu ihrem Bett. Es ist zu hell. Schlafen kann sie nicht mehr.

JAKOB

Als Jakob aufgewacht ist, hat die Sonne hoch am Himmel gestanden. Hat er schon jemals so lange geschlafen, seit Herr Hofmann ihn zu seinem Wigwam geführt hat? Man schläft anders mit einem vollen Magen. Und als er aufwacht, erinnert er sich sofort wieder an sein Brot.

Er darf nicht sorglos werden jetzt. Nicht zu viel auf einmal essen. So leicht wird er nicht ein zweites Mal etwas finden, selbst wenn er in der nächsten Nacht wieder auf die Suche geht. Wenn das Brot gegessen ist, muss er wissen, woher er Nachschub bekommt.

Denn Herr Hofmann wird ihm nichts mehr bringen, das ist doch nach der dritten Nacht klar. Haben sie ihn verhaftet? Deutschblütige, die Juden helfen, werden in Schutzhaft genommen. Hat ihn die dicke Nachbarin verraten? Dann ist er schuld. Er, Jakob. Er will nicht daran denken.

»Du musst so leise sein, als gäbe es dich nicht!«, hat Herr

Hofmann im Februar böse zu ihm gesagt. Da hatte er Jakob gerade erlaubt, seinen Rucksack im Flur abzustellen und seine Jacke an einen Haken zu hängen. »Und glaub nicht, das ist für ewig! Ich weiß nicht, wie lange du hierbleiben kannst!«

Vielleicht hatte der Regenguss geholfen, vielleicht hatte Herr Hofmann deshalb Mitleid mit ihm gehabt? Bei so einem Wetter jagte man doch keinen Hund zurück auf die Straße. Und Jakob hatte geschlottert vor Kälte, seine Jacke durchweicht vom eisigen Februarregen.

»Wenn du hustest, musst du gehen!«, hatte Herr Hofmann gezischt. »Geniest wird hier auch nicht! Die Wände sind dünn wie Papier!«

Von da an hatte Jakob nur noch geflüstert.

Er hatte sich gewundert, dass Herr Hofmann nichts wissen wollte von ihm, nichts gefragt hatte. Hatte einfach auf das Küchensofa gezeigt. »Da kannst du schlafen!«, hatte er gesagt. »Fürs Erste.«

Und von sich aus hatte Jakob ihm nichts erzählt. Es war klar, dass Herr Hofmann sogar sich selbst am liebsten eingeredet hätte, dass Jakob nicht da war.

»Wenn es an der Tür klingelt, versteckst du dich darunter!«, hatte er unfreundlich gesagt.

Aber es hatte nicht oft an der Tür geklingelt. Einmal die Nachbarin, die immer noch dick war, noch nach so vielen Jahren Krieg, und gefragt hatte, ob Herr Hofmann ihr wohl ein paar Löffel Malzkaffee ausleihen könnte. Im nächsten Monat würde er ihn zurückbekommen.

Herr Hofmann hatte ihr nichts gegeben.

»Ich hab selbst nicht genug!«, hatte er gesagt und ihr die Tür vor der Nase zugeschlagen.

»Dieses Weib!«, hatte er geflucht. »Hexe!« Dann war er zusammengezuckt, hatte mit flatternden Fingern den Küchenschrank geöffnet und den Kaffee herausgenommen. »Frau Sötebeer!«, hatte er gerufen und war im Treppenhaus verschwunden.

Als er zurückgekommen war, hatte Jakob unter dem Sofa gelegen.

»Du kannst rauskommen!«, hatte Herr Hofmann geschnauzt. »Ich hab ihr was gebracht. Nicht dass sie sich noch fragt, wieso bei mir der Kaffee knapp wird, was? Dem Weib ist nicht zu trauen!«

In den nächsten Tagen war der Malzkaffee noch dünner gewesen. Milch dazu gab es ja ohnehin nicht.

Warum hatte Herr Hofmann ihn überhaupt aufgenommen? Freundlich war er doch erst geworden, nachdem er Jakob längst zu seinem Wigwam in der Ruine geführt hatte; ganz plötzlich, das hatte Jakob nicht verstanden. Von einem Tag zum anderen, nach vielen unfreundlichen Wochen. Und geweint hatte er damals. Viel geweint. Das hatte er vorher nicht getan.

Aber alte Männer weinten leicht.

Jakob hört, wie auf der Straße ein Auto über das Kopfsteinpflaster rollt. Er presst sich wieder in die hinterste Ecke. Es klingt wie ein Militärfahrzeug. Geht dieser Krieg denn nie zu Ende?

Das Motorengeräusch verklingt und Jakob setzt sich auf

sein Sofa. Wieso hat er damals ausgerechnet bei Herrn Hofmann geklingelt, den er doch nicht kannte, von dem er nichts wusste?

Vielleicht weil er sich an früher erinnert hat, an die Zeit, als er klein war und noch mit den anderen Kindern auf der Straße gespielt hat, Ball und *Hinkebock* und *Der Plumpsack geht um*.

Bevor im Februar für seine Mutter der Brief gekommen war, waren sie fast schon sicher gewesen, verschont zu bleiben. Sie hatten nicht mehr nur gehofft: Sie hatten daran geglaubt. Es konnte doch nicht mehr lange dauern!

Aber keiner blieb verschont, auch die Mutter nicht. Und er hatte sie begleiten wollen, seinen Rucksack in der Hand, als ginge es auch für ihn nach Osten. Es hatte angefangen zu regnen.

Da war die Mutter plötzlich stehen geblieben. »Du hast die Adresse, Jakob!«, hatte sie geflüstert. Dass er sie im pladdernden Regen überhaupt verstehen konnte! »Und sie sind doch deine Großeltern! Verzeih mir, dass ich dir nicht besser helfen konnte! Ich habe alles falsch gemacht!«

Der Regen war heftiger geworden, und Jakob hatte gesehen, wie er sich auf ihren Wangen mit Tränen mischte. »Auf Wiedersehen, Jakob!«, hatte sie geflüstert. »Jetzt geh!«

»Aber ich könnte doch mit dir kommen!«, hatte er gerufen. Auf einmal war das der geringere Schrecken. »Bestimmt holen sie mich sowieso auch bald!«

Sie hatte den Kopf geschüttelt. »Jetzt geh, Jakob!«, hatte sie wieder geflüstert. »Du sollst leben!« Sie hatte den Koffer auf den nassen Gehweg fallen lassen und seinen Kopf mit beiden Händen gegriffen, ihren eiskalten Händen. Sie hatte ihn zu sich herangezogen, gegen ihren durchweichten Mantel gepresst, wo kein Stern zeigte, wer sie war; danach hatte sie ihn auf die Stirn geküsst.

»Du musst gehen, Junge!«, hatte sie geflüstert. Dann war sie schon weitergegangen, hastig, hatte sich weggedreht, war fast gerannt mit ihrem Koffer in der Hand, durch den strömenden Regen.

»Mutti!«, hatte Jakob gerufen.

Sie hatte sich nicht mehr umgedreht; und Jakob hatte begriffen, dass es ihr Ernst war.

Eine Mutter, die ihr Kind wegschickte. Aber so viele andere hatten es schon viel früher getan, da hatte sie noch nicht gewollt. Schien doch damals noch alles sicher zu sein, er war auch Vaters Kind. Nach England waren damals manche gegangen, nach Schweden, dort gab es Familien, die jüdische Kinder aus Deutschland bei sich aufnahmen, auch solche wie ihn.

Dafür war es jetzt zu spät.

»Ich kann das nicht!«, hatte die Mutter damals zum Vater gesagt und fast geweint. Nach der Nacht war das gewesen, in der die Synagogen brannten und die Männer verhaftet wurden und abtransportiert, wer wusste, wohin. Aber doch nur die jüdischen Männer, nur sie! Doch nicht der Vater, der deutschblütig war, über Generationen; nur zwei Onkel und Heinrich, Jakobs Cousin, den sie aus der Talmud-Tora-Schule abgeholt hatten, wo er sein Abitur machen sollte.

Der hatte es nach seiner Entlassung ein paar Monate später nach Palästina geschafft. »Soll Jakob allein zu ganz fremden Menschen? In ein anderes Land? Er ist erst sieben! Er spricht doch nicht mal ihre Sprache! Vielleicht wird hier ja doch noch alles gut!«

Damals hatte seine Mutter sich nicht von Jakob trennen wollen. Und nun wollte sie nicht, dass er mit ihr kam.

Jakob hatte auch geweint, an diesem Tag im Februar, im Regen war das nicht zu sehen. Er hatte beschlossen, dass er sich in den Ruinen verstecken würde, über das Essen wollte er später nachdenken. Aber dann war er am Hoftor vorbeigekommen, hinter dem in einem niedrigen Gebäude die Tischlerwerkstatt lag.

Hier hatten sie früher gespielt, wie viele Jahre war das schon her? Er war noch klein gewesen. Und das Hoftor hatte damals immer offen gestanden, bis auf die Straße hatte man das Geräusch der Kreissäge hören können.

Kinder durften nicht in den Werkstatthof, aber natürlich waren sie trotzdem immer wieder gegangen, kichernd. Da hatte er noch mit allen gespielt. Und sie mit ihm.

Und Herr Hofmann hatte ihnen Schwerter geschnitzt, aus Holzresten. Auch ihm, auch Jakob. Vielleicht hatte Herr Hofmann es nicht gewusst.

»Alles kleine Ritter, was?«, hatte Herr Hofmann gesagt. »Ein deutscher Junge kann das nicht früh genug lernen! Wer weiß, wann er später einmal in den Kampf ziehen muss für unsere deutsche Heimat wie die Ritter damals?«

Dann hatte er ihnen die Geschichte von Armin dem Fürst

der Cherusker erzählt, der mit seinen Männern die eigentlich weit überlegenen Römer geschlagen hatte; vor fast zweitausend Jahren war das gewesen, daran erinnerte noch immer das Hermannsdenkmal im Teutoburger Wald. »Mit Schwertern wie diesen hat er sie geschlagen!«, hatte Herr Hofmann gesagt und auf die Holzschwerter in ihren kleinen Händen gezeigt. »Die verweichlichten Spaghettifresser! Wollt ihr später einmal genau solche Kämpfer sein?«

Da hatten die Kinder genickt und eine Zeit lang hatten sie nachmittags Armin der Cherusker gespielt. Alle Jungs durften abwechselnd Armin sein. Auch Jakob.

Und Jakob hatte noch geglaubt, dass auch er ein stolzer deutscher Junge war, dabei war für die Braunen doch auch ein halber Jud ein Jud; aber mit sechs Jahren spielt das keine Rolle, solange es für die anderen Kinder nicht wichtig ist. Und damals war es für sie noch nicht wichtig gewesen.

Bis Wilhelm eines Tages gesagt hatte, mit einem Itzig würde er nicht mehr spielen, das hätte sein Vater ihm verboten, und außerdem könnte ein Itzig auch nicht Armin sein.

»Ich bin kein Itzig!«, hatte Jakob gerufen. »Mein Vater ist Arier!« Und obwohl er so klein gewesen war damals, hatte er Scham gespürt, dass er seine Mutter verriet. Geholfen hatte es ihm nicht.

»Aber deine Mutter!«, hatte Wilhelm gesagt.

Jakob spürt noch heute den Schmerz.

Ja, daher hatte er Herrn Hofmann gekannt, darum hatte er bei ihm geklingelt in seiner Angst und seiner Verwirrung, mit vor Kälte klappernden Zähnen. Nicht bei den fremden Großeltern, die ihn nie hatten sehen wollen: beim netten Herrn Hofmann, der den Kindern Schwerter geschnitzt hatte, auch ihm. Und warum Herr Hofmann ihn bei sich aufgenommen hatte, wenn er da doch längst wissen musste, was für einer Jakob war –, wusste doch schließlich die ganze Straße Bescheid! –, darüber hatte er nicht nachgedacht.

Jakob lässt sich auf die Knie fallen und sieht unter das Sofa. Auch wenn Herr Hofmann abends nicht mehr kommt: Das Brot ist noch da und mit dem Brot eine kleine, neue Zuversicht.

TRAUTE

Traute hat überlegt, wie sie es am besten macht. Sie könnte das Brot aus dem Versteck holen, und wenn dann die Jungs kommen, um Fußball zu spielen, könnte sie es ihnen zeigen.

»Wenn ich mitmachen darf!«, würde sie sagen.

Und natürlich dürfte sie dann mitmachen. Das würde doch niemand aushalten, ein Brot zu sehen – und darauf zu verzichten. Nicht mal Hermann, der immer alles bestimmt.

Aber auf der Straße würde sie ganz sicher irgendwer beobachten.

Seit heute Morgen denkt sie nun immer an die Wut ihres Vaters. Woran sie nicht denken will, das sind Makuleits. Sie will kein schlechtes Gewissen haben. War es denn so schlimm, sich das Brot zu nehmen? Wenn es ihrem Vater gehört, gehört es ihr doch irgendwie auch!

Nichts ist ja mehr, wie es war, keine Häuser mehr in der Straße, keine Freundinnen mehr. Hiltrud und Heidi sind irgendwo auf dem Land mit der Kinderlandverschickung, schon seit die ersten Bomben gefallen sind und »auf dem Land« Sicherheit bedeutet hat; und zurückkommen werden sie nicht, jetzt wo ihre Häuser nicht mehr stehen. Wenn sie zurückkommen in die Stadt, werden sie anderswo wohnen.

Und an Elli und Renate will sie nicht denken. Die hat man nicht mehr gefunden, nachdem die Feuerwalze durch die Straßen getobt war und Traute mit ihren Eltern im Luftschutzbunker saß, die Hände gegen die Ohren gepresst.

»Bestimmt waren die beiden auch in irgendeinem Keller!«, hatte Mutti tröstend gesagt, als Elli und Renate auch nach Tagen nicht aufgetaucht waren, um in den noch glühenden Ruinen ihrer Häuser nachzusehen, ob von ihrem Hausrat noch irgendetwas zu retten war. Nicht Elli und nicht Renate und auch nicht ihre Mütter. »Und die lassen sich hier nur nicht blicken, weil sie wissen, es ist hoffnungslos.«

Aber dann wären sie doch wenigstens gekommen, um mit Kreide an irgendeine Mauer zu schreiben, dass sie noch lebten und wo man sie finden konnte! Haben doch alle getan.

Alle, die überlebt haben.

Traute will nicht darüber nachdenken, dass drüben unter den Trümmern irgendwo Elli und Renate liegen, verschüttet in ihrem Keller, erstickt, verbrannt unter all dem Schutt. Zu Anfang konnte sie darum nicht mal zu den Ruinen hinsehen. Wenn sie die Straße entlanggegangen ist, hat sie den Kopf jedes Mal abgewandt, so war das in der ersten Zeit. Und jetzt hat sie in den Ruinen sogar ihr Versteck. Man muss die Dinge vergessen. Hilft ja nichts.

Traute tut, was sie ständig tut, wenn ihre Gedanken auf Abwege geraten. »Sieben mal eins ist sieben!«, murmelt sie. »Sieben mal zwei ist vierzehn. Sieben mal drei ...«

Mit dem 7er-Einmaleins fängt sie immer an, weil es das erste ist, bei dem es ein bisschen schwieriger wird. Und wenn sie beim 12er-Einmaleins ist, bei dem sie sich richtig konzentrieren muss, sind die Schatten meistens aus ihren Gedanken verschwunden.

Gerade ist Hermann aus seinem Haus gekommen. Er stellt sich mitten auf die Straße und steckt zwei Finger in den Mund. Seinen Pfiff hört man bestimmt bis zur Alster.

Und natürlich haben ihn auch Max und der Kleine gehört und Max kommt mit dem Ball.

Jetzt, denkt Traute.

»Ich hab Brot für euch!«, sagt sie und stellt sich dazu, als wäre das selbstverständlich.

Die Jungs starren sie an.

»Ich will mitmachen!«, sagt Traute. »Nicht nur Fußball! Alles, was ihr macht. Dann gebe ich euch was ab.«

»Erst zeigen!«, sagt Hermann. Er sagt nicht: »Keine Weiber.« Das ist schon mal gut, besser als gestern. Aber sie muss sichergehen.

»Erst wenn ihr schwört, dass ich mitmachen darf!«, sagt Traute.

»Kinderkram!«, sagt Hermann.

»Ach, komm schon, Hermann, lass sie!«, sagt Max. »Wenn sie wirklich Brot hat. Aber nicht nur ein paar Krümel, das zählt nicht!«

Der Kleine wagt nicht, irgendwas zu sagen. Er muss dankbar sein, dass er selbst überhaupt dabei sein darf, das will er sich bestimmt nicht kaputt machen. Und vielleicht redet er überhaupt nicht gerne, weil man dann hören könnte, woher er kommt.

Hermann schiebt die Unterlippe vor. »Beweise?«, fragt er.

»Erst schwören!«, sagt Traute. Im Leben werden die Jungs nicht auf ihr Brot verzichten.

»Kinderkram!«, sagt Hermann wieder, aber er hebt doch die Hand mit den Schwurfingern. »Da! Wenn du nicht gelogen hast. Also, wo ist das Brot?«

Traute guckt Max und den Kleinen an, aber die haben längst ihre Hand gehoben.

»Drüben, in meinem Versteck!«, sagt sie. Sie macht sich auf den Weg, ohne zu gucken, ob die Jungs ihr folgen. Natürlich tun sie das.

TRAUTE

Anton und Anita liegen auf dem Boden, die Puppenglieder verrenkt. Und das Brot ist verschwunden.

Traute hebt hektisch die Schachteln mit den Spielen hoch, *Mensch ärgere dich nicht* und *Halma* und *Mühle*.

»Wo ist es?«, fragt Hermann böse. »Kann ja nicht viel gewesen sein, wenn es zwischen die Spiele passt!«

Er kickt mit dem Fuß gegen die Puppen. »Nicht!«, ruft Traute und hebt Anton und Anita auf. »Blödmann! Anita!« Sie streicht Anita über ihre aufgemalten Haare, ihr Gesicht ist zerschrammt. Natürlich ist Traute zu alt für Puppen. Trotzdem hält sie Anitas beschädigtes Gesicht kaum aus. »Guck mal, was du mit Anita gemacht hast!«

»Anita!«, sagt Hermann und äfft ihre Stimme nach. »Hab ich doch gesagt, spiel mit deinem Puppenwagen!« Er dreht sich um. »Und komm nicht wieder bei uns angejammert! Wo ist denn nun dein Brot, hä?«

Traute lässt die Schultern sinken. »Es war da!«, sagt sie trotzig. »Ein ganzer Laib!« Dann weiß sie es. »Ratten!«, sagt sie erschrocken. »Bestimmt haben die Ratten es geholt!«

»Wer so blöd ist, ein Brot liegen zu lassen, wo die Ratten es klauen können!«, sagt Hermann und tippt sich an die Stirn. »Dir haben sie wohl ins Gehirn geschissen! Weiber!«

Ihre Dummheit kann Traute jetzt selbst nicht mehr verstehen. »Ich hab nicht …«, sagt sie. So dumm! Sie war so dumm!

»Ausrede!«, sagt Hermann. Wenn die Puppen noch auf dem Boden lägen, würde er sie bestimmt wieder treten, so wütend sieht er aus. »Du hattest gar kein Brot!«

Hinter seinem Zorn spürt Traute die Enttäuschung, in Max' Gesicht ist sie offen zu lesen. Brot, da war die Hoffnung auf Brot, und nun …

Dann sieht sie verblüfft zum Kleinen hin, den das Weinen jetzt schüttelt. Er versucht es zu verbergen, will doch weiter mitmachen dürfen, da darf er doch keine Memme sein; aber gegen dieses Weinen kommt er nicht an, so stark ist er nicht, der Kummer ist stärker. Er dreht sich weg, damit sie es nicht sehen, so macht er es nur noch schlimmer.

»Hast du so großen Hunger?«, fragt Traute erschrocken.

Das wollte sie doch alles nicht! Zuerst Makuleits, und jetzt hat sie auch das hier noch angerichtet.

Der Kleine schüttelt den Kopf, dann zieht er die Nase auf und wischt sich mit dem Handrücken über die Augen. »Anita …«, flüstert er. Dann packt es ihn wieder, seine schmalen Schultern beben.

Traute kniet sich erleichtert vor ihn hin. Es geht gar nicht um das Brot! Sie würde ihn gerne in den Arm nehmen, aber das will er bestimmt nicht. »Das ist doch nicht so schlimm!«, sagt sie tröstend. »Sie ist ein bisschen zerschrammt, aber sonst ist sie doch noch ganz gut!« Und sie hält ihm die Puppe hin, wackelt mit den Gliedern. »Guck mal, alles heil!«

Aber der Kleine schüttelt nur immer den Kopf und schluchzt. Und sogar Hermann begreift wohl, dass das hier ein Kummer ist, über den man nicht lachen darf, auch wenn man ihn nicht versteht. Nicht einfach »Säugling!« sagen und sich an die Stirn tippen. Dafür ist dieser Kummer zu groß.

Dann holt der Kleine tief Luft. »Anita«, murmelt er, aber inzwischen hat er seine Stimme fast unter Kontrolle. »Das ist …« Er schluchzt auf, aber nur einmal kurz. »Das ist doch meine kleine Schwester!«

Traute sieht ihn an. »Ist sie tot?«, fragt sie behutsam. Sind ja so viele jetzt. Schwestern, Brüder, Mütter, Väter. Sind an der Front geblieben, in den Bombennächten umgekommen, auf den langen Flüchtlingstrecks von Tieffliegern erschossen, untergegangen wie die *Wilhelm Gustloff,* die mit zehntausend Menschen an Bord torpediert worden war. Da darf einer schon weinen.

Der Kleine schüttelt wieder den Kopf. »Sie ist weg!«, flüstert er. »Sie war doch noch so klein! Wir haben sie einfach verloren. Auf der Flucht.«

»Wie, verloren?«, fragt Hermann. Kinder verliert man nicht. Wenigstens darauf können Eltern ja wohl aufpassen.

»Es war so ein Gedränge«, schluchzt der Kleine. »Vor unserem Schiff! Alle wollten noch mit, und dann hat Mutti sie kurz auf den Boden gesetzt, um unser Gepäck zu nehmen, und als wir uns umgeguckt haben, da war sie verschwunden. Sie war doch noch so klein! Zwischen all den Beinen! Wir haben gerufen und gerufen, und die Menschen haben uns immer weiter nach vorne geschoben aufs Schiff zu, und Mutti hat versucht, zurückzubleiben und Anita zu suchen, aber das ging nicht, es war doch so ein Gedränge ...«

Er sagt »Jadränge«.

»Ihr habt deine kleine Schwester auf der Flucht verloren?«, fragt Traute erschrocken. Und sie hat geglaubt, er schluchzt nur, weil er Hunger hat! Auf einmal findet sie seinen Dialekt gar nicht mehr so komisch. Der Kleine nickt. Seine Lippen zittern schon wieder, aber er schafft es, nicht mehr zu weinen. Nur sprechen kann er dann nicht.

»Ach, Mensch, Adolf!«, sagt da Hermann und nimmt ihn einfach in den Arm. »Das ist schlimm, was? Aber ein Indianer kennt keinen Schmerz!« Und dann holt er tatsächlich ein zerknülltes Taschentuch aus seiner Hosentasche und hält es dem Kleinen hin. »Ein deutscher Junge flennt nicht!«

Der Kleine nimmt das Tuch und schnäuzt sich einmal kräftig. Traute wäre das viel zu eklig. »Danke!«, murmelt er.

»Vielleicht findet ihr sie ja wieder!«, sagt Traute, obwohl sie weiß, wie unwahrscheinlich das ist. Aber man muss ihn doch irgendwie trösten. Und sich selbst. »Sie kann schließlich nicht vom Erdboden verschwunden sein!«

Der Junge, von dem sie nun weiß, dass er Adolf heißt wie so viele in seinem Alter, sieht sie an. »Sie war doch noch so klein!«, flüstert er. »Sie weiß doch nicht mal ihren Namen! Wenn einer sie fragt. Sie hat immer ›Nini‹ gesagt!«

Jetzt mischt Max sich ein. »Guck mal, Adolf!«, sagt er. »Irgendwer hat sie doch bestimmt mitgenommen! Und bei dem ist sie jetzt. Und die suchen dann, wo sie hingehört!«

Aber Adolf lässt sich nicht trösten. »Woher sollen die denn wissen, wo sie nach uns suchen sollen?«, sagt er und dabei klingt er beinahe böse. »Vielleicht sind die in München oder irgendwo! Die können uns doch gar nicht finden!«

Traute sieht ihn an. Adolf hat recht. Wie sollen sie denn wohl seine kleine Schwester wiederfinden? Nini. Anita. Auf einmal versteht sie, was alles auf der Flucht passieren konnte. Aber Frau Makuleit hat ja ihre Kinder noch.

»Hatte sie nichts, woran man sie erkennen kann?«, fragt Hermann ganz vernünftig. »Auch wenn sie ihren Namen noch nicht sagen kann? Also ihren Pullover? Oder so was? Dann könnten deine Eltern der Polizei Bescheid sagen!«

Adolf nickt und zieht die Nase auf. »Ihren Wauwau, das ist ihr Teddy!«, sagt er. »Die Polizei sagt, sie ist nicht zuständig. Es werden so viele Kinder vermisst …«

Aber das nimmt Hermann nicht einfach so hin. »Irgendwer muss zuständig sein!«, sagt er böse. »Da sollen die Tommys sich mal gefälligst kümmern! Wenn ihr deine Schwester verloren habt, dann haben doch andere Leute bestimmt auch ihre Kinder verloren! Da muss es was geben, wo die Eltern suchen können! Und die anderen Leute können die gefundenen Kinder da melden!« Er kichert. »Finderlohn!«, sagt er. Dann wird er wieder ernst. »Das machen die Tommys bestimmt, wenn sie nicht zu blöd sind. Da gibt es bald ein Amt.«

Traute sieht ihn an. Natürlich, so müsste man es machen. »Das glaube ich auch!«, sagt sie.

Das Brot ist vergessen. Und Hermann schickt sie nicht mehr weg.

HERMANN

Wieder ist Hermann der Letzte aus der Gruppe, der nach Hause geht. Obwohl er doch weiß, was es bedeutet, wenn er zu spät zum Vater kommt.

Sie haben das Mädchen mitmachen lassen, war auch ganz praktisch. Vier Kinder, das sind zwei Mannschaften, bei jedem Spiel. Auch wenn sie nicht so gut im Fußball war, zwei Mannschaften waren wenigstens besser, als zu dritt immer nur abwechselnd aufs Tor zu kicken. Und vielleicht bringt sie ja wirklich mal was zu essen mit, Brot oder sogar Kuchen. Wenn der Vater doch Bäcker ist.

Vor dem Hauseingang holt Hermann tief Luft. Gleich wird sein Vater wieder schreien und mit der Krücke nach ihm schlagen in der Küche, deren Gestank Hermann von Tag zu Tag wütender macht. Oder verzweifelter. Er darf nicht darüber nachdenken.

»Hilft ja nichts!«, murmelt er, als er beginnt, die Treppe hochzusteigen. »Hilft ja nichts.«

Und dann sieht er ihn. Oder nein, zuerst hört er ihn, einen großen Mann, der polternd von der Wohnung ins Zwischengeschoss heruntersteigt, den Vater auf dem Rücken.

»Halt!«, ruft der Vater böse. »Hier ist es doch!«

Der Mann öffnet die Tür und der Vater klammert sich an seinen Hals. »Jetzt runterlassen!«, befiehlt der Vater. »Nein, vorher die Hose runterziehen!«

Ganz ohne Scham. Wütend, als wäre der große Mann sein Diener, sein Sklave, der immerzu alles falsch macht. Gleich wird er ihn auspeitschen lassen. »Und die Tür zu!«

Hermann bleibt stehen, nur wenige Stufen unter dem Fremden. »Guten Tag!«, sagt er.

»Möchtest du vorbei?«, fragt der große Mann. Hermann sieht die Erschütterung auf seinem Gesicht. Und noch etwas sieht er. Der Mann trägt eine Uniform. Aber nicht die der Wehrmacht und nicht die der Tommys. Eine amerikanische Uniform trägt er. Und spricht trotzdem so gut Deutsch, als gehörte er hierher. »Möchtest du vorbei?«

Hermann schüttelt den Kopf. »Vielen Dank!« Er deutet in Richtung Toilettentür. »Das hätte ich eigentlich …«

Bei Frau Kalinowski wird die Wohnungstür einen Spalt geöffnet. Als sie den Mann in der Uniform sieht, schließt sie die Tür schnell wieder.

»Du kannst mich rausholen!«, ruft der Vater. Hermann macht einen Schritt auf die Tür zu, aber der Amerikaner schiebt ihn zur Seite.

»Das mach *ich*!«, sagt er. »Ich bin wohl ein bisschen stärker als du, was?« Und so muss Hermann den Vater an diesem Nachmittag nicht tragen.

In der Küche steht die Mutter in ihrem verschwitzten Kleid und auf dem Herd zischt der Wasserkessel. »Ich mach uns noch schnell einen Kaffee, Ludwig!«, sagt sie. »Ist nur Muckefuck, aber ich hab sogar noch Milch da!«

Der Amerikaner setzt den Vater behutsam auf das Küchensofa. »Da muss aber doch irgendwas passieren, Ursel!«, sagt er und nimmt sich einen Küchenstuhl. Hermann lehnt in der Tür. »So kann das doch nicht ewig weitergehen!« Was er meint, ist klar.

Der Vater lacht hämisch. »Irgendwas passieren!«, ruft er. »Ja, was denn? Du hast doch keine Ahnung da bei deinen Amis, du weißt doch gar nicht, was hier los war! Du hast zu essen, du hast noch deine Beine ...«

»Fiete!«, sagt die Mutter.

Aber der Vater lässt sich nicht zum Schweigen bringen. »Ihr habt uns doch diesen Schlamassel eingebrockt, ihr Amis und Tommys und Russen! Und nun lasst ihr uns zahlen! Ausbaden sollen wir, weil wir angeblich schuld sind! Und wenn einer seine gesunden Glieder fürs Vaterland gegeben hat«, er schlägt sich mit den Händen auf beide Oberschenkel, »dann soll der mal ordentlich leiden! Prothesen, denkst du, es gibt Prothesen? Woher denn wohl? Weißt du, wie viele Männer dafür Schlange stehen?« Er lacht, aber es ist wieder ein böses Lachen. »Schlange sitzen!«, ruft er. »Schlange liegen! Stehen können wir ja nicht mehr!«

Der Amerikaner schweigt, und die Mutter stellt eine Tasse vor ihn hin. Er nickt kurz zum Dank.

»Fiete!«, sagt er, nachdem er einen Schluck probiert hat. Noch viel zu heiß. »Nein, danke, spart eure Milch! Fiete, ich kann verstehen, dass es furchtbar sein muss …«

»Gar nichts kannst du!«, ruft der Vater. »Kannst du dir vorstellen, wie es ist, wenn man nicht mal allein zum Scheißhaus kommt? Was ist denn das noch für ein Leben!«

Der Amerikaner streckt seinen Arm aus, als ob er dem Vater die Hand auf die Schulter legen möchte, dann zieht er sie erschrocken zurück und pustet lieber über seine Tasse, aus der Dampfwölkchen aufsteigen.

»Tut mir leid, Ludwig!«, sagt die Mutter, als ob sie sich für den Vater entschuldigen will. »Es ist nett, dass du vorbeigekommen bist. Für Fiete ist es schwer. Aber wenn er erst mal seine Prothesen hat …«

»Verdammt!«, brüllt der Vater.

Der Amerikaner sieht die Mutter an, ihr müdes Gesicht, das verwaschene Sommerkleid, das einer viel kräftigeren Frau passen würde. »Und du, Ursel?«, fragt er. »Was machst du?«

Die Mutter zuckt müde mit den Achseln. »Einer muss ja das Geld verdienen«, sagt sie leise.

»Einer muss das Geld verdienen, einer muss das Geld verdienen!«, brüllt der Vater. »Als ob ich das nicht wollte, wenn ich könnte! Hab ich nicht immer, vor dem Krieg …«

Der Amerikaner beachtet ihn gar nicht. »Und was machst du?«, fragt er und nickt der Mutter zu.

»Enttrümmerung!«, sagt sie und streckt ihm ihre aufgeschürften Hände entgegen. »Gibt ja sonst nicht viel, was man arbeiten könnte in dieser Stadt.« Sich selbst hat sie keinen Malzkaffee gekocht. »Wir kommen über die Runden.«

»Mein Gott!«, sagt Ludwig. Nun ist sein Malzkaffee abgekühlt genug, um ihn zu trinken.

»Unsere Autowerkstatt«, sagt die Mutter und zeigt aus dem Fenster auf die Trümmerwüste, »die ist beim Feuersturm zerstört worden. War nichts mehr nach, sogar das Werkzeug nicht mehr da. Verschüttet, geschmolzen ... Aber fahren doch sowieso fast keine Autos mehr. Kein Benzin. Nur die Patrouillen der Tommys.«

»Darum ist es ja auch gar nicht so schlimm, dass der Fiete ein Krüppel ist!«, ruft der Vater. »Da hat die Ursel mich geheiratet, weil es unbedingt ein Automechaniker sein musste« – er lacht kurz und hart auf –, »weil ein Mädel die Werkstatt nicht erben konnte! Da musste ein Mann her! Und nun ist die Werkstatt futschikato, nur den Mann hat sie immer noch an der Hacke! Aber hat ihn ganz umsonst geheiratet! Keine Werkstatt mehr, aber dafür einen Krüppel! So sieht es bei uns aus, Ludwig! Was sagst du dazu? Wird schon alles werden?« In seinen Mundwinkeln hat sich Speichel gesammelt.

Gleich greift er nach einer Krücke und schlägt nach diesem Ludwig, denkt Hermann. Aber der Vater sackt nur in sich zusammen.

»Es tut mir wirklich unendlich leid!«, sagt der Amerikaner. Dann sieht er auf sein Handgelenk. »Oh, ich muss los.

Ich wollte nur kurz vorbeigucken, wie es euch geht, wo ich schon mal in Hamburg bin. Mein Major wartet auf mich.«

Er springt auf, und einen Augenblick sieht es aus, als ob er zum Abschied die Hand an die Mütze legen will, dann lässt er den Arm sinken.

»Fiete, soll ich dich vielleicht noch mal …?«, fragt er hilflos.

Aber jetzt hält der Vater es endgültig nicht mehr aus. »Verschwinde!«, brüllt er. »Verschwinde zu deinen Amis!«

Im Flur vor der geöffneten Wohnungstür greift der Amerikaner plötzlich in seine Hosentasche. »Da!«, sagt er zu Hermann, der ihn zur Tür begleitet hat. Der Vater kann es ja schlecht tun. »Für deinen Vater.« Dann gibt er Hermann das Kostbarste, was es gibt. Eine halb leere, zerknitterte Schachtel Lucky Strike.

TRAUTE

Traute ist durch den Laden in die Wohnung gegangen, während die Mutter noch hinter dem Tresen stand, Geld gezählt hat und Marken abgeschnitten. Aber schließlich war es Zeit, und sie hat die Ladentür abgeschlossen.

Als die Mutter ins Schlafzimmer kommt, sitzt Traute auf ihrem Bett. Eigentlich hätte sie in der Küche stehen sollen und mit der Vorbereitung für das Abendbrot anfangen. Aber da begegnet man immer irgendeinem von den Makuleits.

Die Mutter zieht wortlos ihren Verkaufskittel aus und nimmt den Küchenkittel vom Haken an der Tür. Dann kniet sie sich auf den Boden vor dem Bett und zieht den fast leeren

Sack mit den letzten Kartoffeln heraus. Seit Makuleits bei ihnen wohnen, lagern auch die Lebensmittel im Schlafzimmer und in der Backstube. Wer weiß, ob die Polacken sich sonst nicht mal etwas nehmen würden.

Traute zuckt zusammen. »Mutti!«, sagt sie. Anita geht ihr nicht aus dem Kopf. Die andere Anita. »Mutti, ich muss dir was sagen!«

Die Mutter steht auf und klopft sich die Knie ab. »Geht das auch in der Küche?«, fragt sie.

Traute schüttelt den Kopf. In der Küche sind vielleicht Makuleits.

»Aber mach nicht zu lange!«, sagt die Mutter und knöpft sich den Kittel zu. »Wenn Vati aus der Backstube kommt, will er sein Essen haben.«

Traute nickt. »Es ist wegen dem Brot!«, murmelt sie.

Und die Mutter versteht sofort, welches Brot sie meint. Da erzählt Traute ihr die ganze Geschichte. Auch die von eben, von Adolf. Am Schluss zittert ihre Stimme.

»Und als der kleine Junge das von seiner Anita erzählt hat …«, flüstert sie. »Ich will nicht, dass Makuleits rausgeschmissen werden! Das ist doch schon traurig genug, dass sie nicht zu Hause bleiben konnten! Und der weite Weg!«

Die Mutter sieht sie an. »Wir haben heute kein Wort mit ihnen gewechselt«, sagt sie. »Am schlimmsten war ja gar nicht das fehlende Brot, obwohl das natürlich auch – sondern dass wir gedacht haben, wir müssen jetzt immer in Sorge sein, was sie wohl als Nächstes stehlen. Das ganze Vertrauen futsch. Und ohne Vertrauen kann man nicht zusammenleben, Traute.

Es war dumm, was du getan hast, wirklich dumm. Aber wenigstens hast du es mir erzählt.«

Da kann Traute die Tränen nicht mehr zurückhalten. »Was mach ich denn nun?«, flüstert sie. »Das Brot haben doch die Ratten gefressen!«

Die Mutter legt ihr die Hand auf den Arm. »Zuerst beichtest du Vati alles!«, sagt sie. »Ich weiß nicht, was der dann mit dir macht. Aber du verdienst deine Strafe, Traute, das siehst du doch ein?«

Traute guckt auf den Boden. Aber sie nickt.

»Und anschließend gehst du und entschuldigt dich bei Makuleits!«, sagt die Mutter. »Das muss sein.«

Traute starrt sie an. »Nein, bitte, Mutti!«, ruft sie und schlägt sich die Hand vor den Mund. »Nicht bei Makuleits entschuldigen! Bitte nicht! Kann Vati das nicht machen?«

»Vati hat das Brot nicht genommen«, sagt die Mutter. »Und wenn man etwas angerichtet hat, muss man auch dafür geradestehen und es wieder in Ordnung bringen, wie sähe die Welt denn sonst wohl aus. Zuerst Vati, und danach Makuleits.«

Dann geht sie und bereitet das Abendbrot.

HERMANN

Als Hermann zurück in die Küche kommt, hat die Mutter dem Vater den Rücken zugedreht. Sie steht am steinernen Ausguss und spült die Amerikaner-Tasse unter dem fließenden, kalten Wasser, viel länger, als es nötig wäre. Danach geht sie zum Fenster und gießt ihre Klivie, an der sich zaghaft eine große, rote Blüte öffnet. Selbst in der schwersten Zeit hat die Mutter sich um ihre Klivie gekümmert. Jetzt dankt die es ihr mit einer prächtigen Blüte.

»Der Teufel soll ihn holen!«, ruft der Vater. Sein Gesicht ist immer noch ganz rot. »Warum ist er überhaupt hergekommen, verflucht? Wollte uns doch nur zeigen, dass er inzwischen der große Macker ist! Dolmetscher bei den Amis! Vaterlandsverräter!«

»Als er vor fünfzehn Jahren rübergegangen ist nach Amerika, war doch Wirtschaftskrise!«, sagt die Mutter und lässt sich auch wieder auf einen Stuhl sinken. Vielleicht zum ersten Mal bemerkt Hermann, wie erschöpft ihr Gesicht unter den verschwitzten Haaren aussieht. »Da wusste man doch noch gar nicht, was kommen würde! Da kannst du ihn doch nicht Vaterlandsverräter nennen!«

»Immer war der schon so ein Angeber!«, ruft der Vater. »Weißt du nicht mehr, früher? Gymnasium, oho! Und der dumme Fiete nur Lehrling. Und ist doch heute noch so! Was glaubst du, wie der das genossen hat, eben? Er in seiner gebügelten Uniform und der Fiete ein Krüppel, der nicht mal zum Scheißhaus kommt! Da sieht man dann ja, wer es richtig gemacht hat im Leben!«

Hermann hält es nicht mehr aus. »Hier!«, sagt er und wirft die Zigaretten vor dem Vater auf den Küchentisch. »Hat er für dich dagelassen.«

Der Vater starrt die Lucky Strikes an. Seine Hände zittern, als er eine Zigarette aus dem zerknitterten Päckchen zieht, die Mutter ist schon aufgesprungen und hat ein Zündholz angerissen. Der Vater nimmt einen tiefen Zug. Wie lange hat er darauf warten müssen!

»Wir hätten sie auch tauschen können!«, murmelt die Mutter. Für Zigaretten kann man alles kriegen, natürlich, auch ohne Bezugsschein, ohne Marken. Sie sind mehr wert als Gold. Aber sie hat ihm ja sogar selbst Feuer gegeben.

Einen Augenblick sieht es aus, als käme der Vater zur Ruhe, könnte vielleicht sogar an etwas anderes denken, solange er so heftig an der Zigarette zieht; dann blitzt in seinen Augen der Zorn wieder auf. »Und das musste er natürlich auch noch erledigen, zum Schluss!«, ruft er. »Almosen geben! Mir beweisen, dass er Zigaretten hat, sogar so viele, dass er sie verschenken kann!« Er schlägt auf den Tisch. »Der kommt mir nicht wieder ins Haus!«

»Wäre es dir lieber gewesen, du hättest keine Zigaretten?«, ruft die Mutter. »Langsam halte ich es nicht mehr aus, deine ständige Jammerei, deine ständige Schimpferei! Ich schufte den ganzen Tag, und wenn ich dann endlich zu Hause bin ...«

Der Vater zieht so hastig an seiner Zigarette, dass er nicht mal die Zeit findet zu antworten. Als die erste heruntergebrannt ist, zündet er sich an ihr die zweite an.

Hermann will es endlich wissen.

»Und wer war das überhaupt?«, fragt er vorsichtig. »Der Amerikaner?«

Die Mutter lächelt ihm über den Tisch zu. »Vaters Vetter Ludwig!«, sagt sie. »Die sind ja fast gleich alt, die beiden, da haben sie als Kinder immer alles zusammen gemacht. Aber dann ist der Ludwig nach Amerika gegangen ...«

»Dem war es nicht gut genug bei uns!«, ruft der Vater und muss husten. Er klopft Asche auf das Wachstuch. Die Mutter springt wieder auf und stellt ihm eine Untertasse hin. »Dem feinen Herrn war es nicht gut genug bei uns!«

Die Mutter schüttelt ärgerlich den Kopf. »Er hatte da einen Verwandten, das weißt du genau!«, sagt sie. »In Chicago. Der hat für ihn gebürgt, darum konnte er nach Amerika auswandern. Und du«, ihre Stimme bleibt ärgerlich, »du wärest doch auch gegangen, wenn du die Möglichkeit gehabt hättest! Du hattest nur niemanden, der für dich gebürgt hätte!«

»Da wäre doch jeder gegangen, damals!«, sagt der Vater, und Hermann wundert sich, dass der nicht selbst merkt, wie unlogisch das ist und wie wenig es mit dem zusammenpasst, was er gerade eben gesagt hat. »Wirtschaftskrise! Da wusste doch keiner, wie er über die Runden kommen sollte!« Er nimmt wieder einen tiefen Zug. »Aber dann kam zum Glück der Hitler und hat alles gerichtet. Da gab's wieder Arbeit, habt ihr jetzt wohl alle vergessen! Und die Welt hatte wieder Respekt vor uns! Aber das darf ja heute keiner mehr sagen. Nur weil wir den Krieg verloren haben, war der Führer plötzlich ein Bösewicht!«

Das stimmt, denkt Hermann. Am Ende ist der Verlierer immer der Böse und der Sieger der Gute. Dabei, was haben sie denn anders gemacht, die Amis und die Tommys und alle auf der anderen Seite? Haben doch auch gekämpft an der Front und auf unsere Soldaten geschossen! Haben doch auch Bomben abgeworfen! Aber nun sollen wir plötzlich die Verbrecher sein.

»Da übersiehst du wohl ein paar Dinge!«, sagt die Mutter kalt. »Aber lass gut sein, Fiete. Nur auf den Ludwig, da lass ich nichts kommen.«

»Der braucht hier nicht mehr aufzutauchen!«, ruft der Vater, als hätte er das nicht längst gesagt. Bevor er sich die dritte Zigarette nimmt, muss er schon wieder husten. »Hast du verstanden, Ursel?«

Aber ohne ihn hättest du jetzt nichts zu rauchen, denkt Hermann. Dir haben sie nicht nur die Beine weggeschossen. Im Kopf bist du auch nicht mehr ganz da, Spinner.

Nacht von Sonntag, 24.6.1945, auf Montag, 25.6.1945

JAKOB

Als Jakob in dieser Nacht aufbricht, liegt noch ein Rest vom Brot unter seinem Sofa. Wenn er gleich nichts zu essen findet, kommt er wenigstens noch über den Tag morgen, das ist beruhigend. Aber er muss rechtzeitig sehen, wie er sich in Zukunft versorgen kann.

Es ist unsinnig, es noch mal bei der Bäckerei zu versuchen, Jakob tut es trotzdem. Natürlich wird das Mädchen in dieser Nacht nicht wieder herauskommen und einen Brotlaib verstecken. So ein Glück hat man niemals zweimal hintereinander. Und trotzdem erlaubt Jakob sich zu hoffen. War es nicht immer wieder die Hoffnung, die sie in den letzten Monaten am Leben erhalten hat, die Mutter, den Vater und ihn, vielleicht die letzten Jahre sogar? Dass irgendwann all die Judengesetze, die Verbote für Juden zurückgenommen werden würden. Dass der Großvater zurückkommen würde aus dem Osten. Schließlich, dass seine Mutter keinen Brief bekommen würde. Dass man sie einfach übersehen hätte bei der Aufstellung der Transportlisten. Und ist jedes Mal enttäuscht worden, die Hoffnung, so ist das eben: Man hofft und wird enttäuscht, immer wieder. Aber würde man nicht wenigstens hoffen, man müsste doch gleich verzweifeln. Aufgeben müsste man. Jakob hätte schon längst aufgegeben, hätte er sich nicht immer wieder zu einer kleinen, unsinnigen Hoffnung gezwungen.

In der Bäckerei bleibt in dieser Nacht alles still. Niemand schleicht sich aus der Tür, niemand verschwindet danach in den Ruinen. Jakob versteht nicht, warum das Mädchen das in der letzten Nacht getan, für wen sie das Brot versteckt hat. Aber sie tut es nicht noch einmal.

Die Straßen liegen wie ausgestorben, die Menschen schlafen. Die nächtliche Stadt ist so ruhig, als wäre Jakob der Einzige, der noch wach ist. Er versucht, sich an früher zu erinnern, an vor dem Krieg: Stadtgeräusche, die ganze Nacht hindurch. Motorenlärm, Musik und Gelächter aus den offenen Türen der Kneipen am Hafen. Jetzt fahren ja fast keine Autos mehr. Und in den Kneipen wird nicht mehr getrunken und gesungen.

In der zerbombten Straße gibt es kein Geschäft außer dem Bäcker. Jakob muss dahin, wo noch unzerstörte Häuser stehen. Schlachterei, Milchmann, Grünhöker: Irgendwo muss es sie noch geben. Aber dann sind überall die Schaufenster leer, und in fast jedem der Hinweis, dass Einkäufe nur auf Marken möglich sind. Als ob das nicht ohnehin jeder wüsste.

Jakob lehnt sich an eine Hauswand. Was hat er denn geglaubt? Dass irgendwo eine Tür für ihn offen steht? Dass er nur ein bisschen suchen muss, um etwas zu essen finden? Das Brot gestern war ein Zufall, ein großes Geschenk. Aber wenn die Deutschen selbst, die echten, die arischen Deutschen, die sich nicht verstecken müssen wie er, längst hungern, weil sie nur bekommen, was ihre Marken erlauben: Dann werden sie ihr weniges Essen gut bewachen.

Er denkt an Herrn Hofmann. Sein Jackett hing zuletzt so locker an ihm herunter, als gehörte es einem anderen, dickeren Mann, und in seinen Gürtel hat er mit der Spitze eines Schraubenziehers drei weitere Löcher gestochen; dann konnte er ihn so eng schnallen, dass er die schlotternde Hose hielt. Den Schraubenzieher hatte Herr Hofmann im Ofen zum Glühen gebracht.

Vielleicht ist das der Grund, warum der alte Mann nicht mehr kommt. Sein Essen reicht ja nicht einmal für ihn selbst, wie lange noch soll er da einen Judenjungen durchfüttern? Es war schon genug, dass er sich so viele Wochen in Gefahr gebracht hat. Die letzte Zeit, bis endlich irgendwann die Amis da sind, die Tommys, die Russen, bis Jakob keine Angst mehr haben muss, muss er jetzt alleine schaffen. Irgendwie.

Als er mit leeren Händen wieder die Treppe nach oben in seinen Wigwam steigt, spürt Jakob erstaunt, dass ihm die Tränen kommen. Zu essen hat er nichts gefunden, und auf einmal vermisst er auch Herrn Hofmann. Er vermisst nicht nur die Kartoffeln, die der ihm gebracht hat, manchmal Brot, oder seine Bücher. Er vermisst auch sein faltiges Gesicht, er vermisst die Gespräche, die sie geführt haben, nur kurz bei jedem Besuch, aber waren doch wenigstens Gespräche. Da war doch wenigstens ein Mensch! So viele Monate hat Jakob mit niemand anderem gesprochen als mit dem alten Mann. Nun ist auch der nicht mehr da.

Nicht jammern, denkt Jakob. Jammern hat noch nie jemandem geholfen, das hat der Großvater gesagt, bevor er gegangen ist. Lieber hoffen und tun, was man kann. Soll ich

Herrn Hofmann vielleicht einfach besuchen? Ihn fragen, warum er nicht mehr kommt? Den Weg finde ich doch.

Er spürt ein Ziehen im Magen, als er an die kleine, schäbige Wohnung denkt, an die beinahe heimelige Küche, in der es nur warm war, solange der Kohlenvorrat gereicht hat; an den Volksempfänger auf der Anrichte, die Wohnzimmeruhr aus polierter Eiche, die Herr Hofmann sonntags aufgezogen hat; an die beiden gerahmten Fotos von den Männern in Uniform, eins mit Trauerflor, das andere mit dem Totenkopf an der Mütze.

Zuerst hat Jakob nicht gewagt zu fragen. Er kannte Herrn Hofmann schließlich gar nicht. Wusste nichts von seinem Leben, nicht, ob er einmal eine Frau gehabt hatte, Kinder vielleicht. Die Wohnung sah aus, als hätte es hier früher eine Frau gegeben.

Wenn Herr Hofmann von sich aus nichts erzählen wollte, dann konnte Jakob nicht einfach in ihn dringen. Neugierig sein. Man war nicht neugierig. Man respektierte, wenn andere Menschen einem nichts erzählen wollten. Jeder Mensch durfte seine eigene Geschichte beschützen, das hatte auch sein Großvater gesagt.

Aber jeden Tag hatte Jakob über die beiden Fotos nachgedacht, er hatte sie schließlich fast immer im Blick. »Wer ist das?«, hatte er irgendwann vorsichtig gefragt, schon Wochen hatte er sie da von seinem Küchensofa aus gesehen. »Sind das Ihre Söhne?«

Und Herr Hofmann war zusammengezuckt. »Gefallen für Führer und Vaterland!«, hatte er gesagt und so heftig auf das Foto mit dem Trauerflor getippt, dass es umgefallen war. »Mein Sohn. Der andere ist mein Enkel, der lebt wohl noch. Jedenfalls habe ich nichts anderes gehört!«

Und an dem Blick, den Herr Hofmann auf das Foto geworfen hatte, konnte Jakob sehen, wie sehr er hoffte.

»Wo ist er?«, hatte Jakob leise gefragt. »An welcher Front?«

Aber da hatte Herr Hofmann sich mit beiden Händen heftig auf dem Küchentisch abgestützt. »Was geht dich das an?«, hatte er gefragt. »Wenn ich darüber reden wollte, hätte ich es längst getan! Du kannst hier schlafen, du musst nicht verhungern, aber erwarte nicht auch noch Unterhaltung! Die kostet extra!«

Später im Wigwam gab es die Unterhaltung dann irgendwann gratis.

Jakob hatte erschrocken den Kopf geschüttelt. »Entschuldigung!«, hatte er gesagt.

Inzwischen weiß er längst, dass der Enkel irgendwo an der Ostfront ist, die immer näher auf Deutschland zurückt. Irgendwann hat Herr Hofmann dann angefangen zu reden; zu weinen und zu reden und zu weinen; und Jakob hat zugehört.

Er hätte den alten Mann so gerne getröstet, hätte gerne gesagt, nun würde er seinen Enkel doch bald wiedersehen, der Krieg könnte ja nicht mehr lange dauern; und wenn er bis jetzt noch keine Todesnachricht bekommen hätte, nicht mal eine Vermisstenmeldung, dann wäre der Enkel doch auch bestimmt noch am Leben. Aber Jakob weiß inzwischen, wie schnell er etwas Falsches sagen kann. Er hat Herrn Hofmann einfach reden lassen, hier oben in seinem Versteck. Den veränderten Herrn Hofmann, der plötzlich jede Nacht lange bei ihm gesessen hat.

Aber jetzt kommt er nicht mehr.

Durch das Fenster, aus dem die Bomben und die Feuerwalze, die ihnen gefolgt ist, schon vor zwei Jahren das Glas herausgesprengt haben, scheint der Mond, und Jakob wirft einen Blick auf die Trümmerlandschaft unter sich. Nichts anderes sieht man aus diesem Fenster als ausgebrannte Häuser, die schwarz in einem Meer aus Trümmern und Schutt aufragen, erst Kilometer weiter zwei Kirchtürme. Er muss ehrlich zu sich selbst sein, er muss sich eingestehen, dass er so leicht nicht wieder etwas zu essen finden wird. Nicht nachts, wenn alle Tore und Türen abgeschlossen und verriegelt sind. Und wie wohl am Tag.

Jakob legt sich auf sein Sofa und zieht die Bettdecke über den Kopf. Er denkt an das Mädchen, er denkt an den Stein in seiner Hand. Ich hätte es doch fast getan, denkt er. Jetzt werde ich es wirklich tun müssen. Bei Tag wird es schwieriger sein, als es gestern Nacht gewesen wäre, irgendwer wird mich bei Tag immer beobachten. Und wenn ich rennen muss, weiß ich nicht, wie schnell ich noch bin. Ich bin so lange nicht mehr gerannt.

Er wird sich genau überlegen müssen, wo er es tut und wen er aussucht. Es sind zum Glück ja fast immer die Frauen, die einkaufen gehen, und Frauen sind schwach. Er wird sich Zeit lassen, damit es auch sicher gelingt. Und wenn sie ihn trotz all seiner Vorsicht schnappen, warum sollten sie nicht glauben, dass er einfach ein deutscher Junge ist, geflohen aus dem Osten vielleicht, wie so viele? Jetzt hat er es schon so lange geschafft. Und er wird es auch weiterhin schaffen. Bis der Krieg endlich zu Ende ist.

Montag, 25. 6. 1945

TRAUTE

»Weil du *was*?«, hat der Vater gebrüllt. »Weil du *mitspielen* wolltest? Wie alt bist du denn?« Sein Gesicht ist rot geworden vor Wut. Geschlagen hat er sie aber nicht, nicht mal geohrfeigt. »Es wird Zeit, dass endlich die Schule wieder anfängt! Muss doch langsam mal Räume dafür geben! Wenn das noch länger so weitergeht mit den ewigen Ferien, wirst du eben den ganzen Tag in der Backstube helfen oder Mutti im Laden! Wenn du dich draußen so langweilst, dass du stiehlst, damit du mitspielen darfst!«

Traute hat auf den Boden gesehen. Was kann sie dafür, dass es schon ewig keine Schule mehr gibt! Hat sie die Bomben auf die Schulen geworfen? Hat sie Ausgebombte und Flüchtlinge in den wenigen unbeschädigt gebliebenen Gebäuden einquartiert, sie zu Lazaretten umfunktioniert? Daran ist sie nun wirklich nicht schuld. Nur an dem anderen.

»Mitspielen!«, hat der Vater noch einmal geschnaubt. Leiser jetzt. Wenn man zu laut spricht, hören die anderen ja immer mit, Makuleits bei ihnen, sie bei Makuleits. »Du weißt, in was für eine Lage du mich gebracht hast, durch deine Dummheit? Die Suppe löffelst du gefälligst selbst aus, Madame! Wie ich das mit den Marken machen soll, die mir fehlen, weiß ich im Moment nicht, aber du entschuldigst dich wenigstens bei unseren Polacken!«

Traute hat genickt. Aber dann ist sie doch noch nicht zu Makuleits gegangen. Die Tür zum Wohnzimmer, das jetzt Makuleits Zimmer ist, war gestern Abend schon früh geschlossen; vielleicht sollte die kleine Martha schlafen oder die Oma. Da wollte sie niemanden wecken. Ist doch schon schwierig genug für die Familie, alle in einem Zimmer.

Aber insgeheim wusste Traute, dass das eine Ausrede war. Und darum muss sie es heute Morgen tun.

»Frau Makuleit?«, flüstert sie, nachdem sie leise angeklopft und dann die Tür geöffnet hat, ohne auf ein »Herein!« zu warten. »Sind Sie schon wach?«

Frau Makuleit sitzt angezogen auf dem Sofa am Couchtisch und guckt erschrocken zur Tür. Dann erkennt Traute ihre Erleichterung. »Ah, du bist das, Marjellchen!«, sagt sie und springt auf. Dabei stößt sie mit den Beinen an den Tisch. Bestimmt hat sie mit dem Vater gerechnet, hat Angst davor, was nun kommt. Vielleicht waren Makuleits auch deswegen gestern Abend schon so früh in ihrem Zimmer verschwunden.

»Ich wollte …«, sagt Traute und bleibt in der Tür stehen. »Mein Vater sagt, ich soll …«

Jetzt ist da wieder das Erschrecken auf Frau Makuleits Gesicht.

»Ich soll mich entschuldigen!«, sagt Traute darum ganz schnell. »Das mit dem Brot – das war ich.«

Auf ihrer Matratze auf dem Boden stützt die Oma sich auf die Ellenbogen. Die Oma hat die beste Schlafgelegenheit, Frau Makuleit schläft mit Martha zusammen auf dem kurzen Sofa.

Und Eva schläft auf dem Boden, das geht gut. Es gibt sogar einen Teppich.

»Wie?«, fragt Frau Makuleit verwirrt. Traute sieht, dass sie nicht versteht. Wirklich nicht.

»Ich wollte – ich wollte bei den anderen mitmachen!«, sagt sie. Sie spricht so schnell, dass sie sich fast verhaspelt. »Bei den Jungs in der Straße! Die haben mich nicht gelassen. Aber mit dem Brot …«

Frau Makuleit starrt sie an. »Weil du mitspielen wolltest?«, flüstert sie.

Und erst jetzt wird Traute klar, was sie bis eben nicht wirklich begriffen hat: wie ungeheuerlich es war, was sie getan hat. Ein Brot, ein kostbares Brot, aus so einem Grund! Und fast hätte es Makuleits vielleicht ihr Zimmer gekostet, hätte vielleicht sogar Gefängnis bedeutet, ein Verfahren vor einem englischen Schnellgericht. Wenn der Vater sie angezeigt hätte. Lebensmitteldiebstahl wird hart bestraft.

»Und Sie können natürlich hierbleiben!«, sagt Traute darum schnell. »Und Ihre Brotmarken will mein Vater auch nicht! Weil – das waren schließlich gar nicht Sie!«

Frau Makuleit ist immer noch wie erstarrt. Gleich brüllt sie mich an, denkt Traute. Das hab ich ja auch verdient. Aber wenigstens hab ich es nun hinter mir. »Entschuldigung!«, sagt sie noch einmal.

Aber Frau Makuleit brüllt nicht. Frau Makuleit kommt hinter ihrem Tisch hervor und geht langsam auf Traute zu.

»Ach, Marjellchen!«, flüstert sie und Traute sieht erschrocken die Tränen in ihren Augen. »Ach, Marjellchen, musst dich doch nicht entschuldigen!« Dann nimmt sie Traute in ihre Arme und drückt sie so fest an sich, dass Traute den Schweißgeruch aus ihren Kleidern riecht, frischen Schweiß und tagealten Schweiß; die Küche ist klein und es gibt nur den einen Ausguss für alle und kaum noch Seife.

»Ist schon alles gut, Marjellchen!«, flüstert Frau Makuleit und lässt sie los. Die Erleichterung ist ihr ins Gesicht geschrieben. »Musst dich nicht schämen.« Sie lächelt. »War nicht leicht, zu mir zu kommen, was? Tapfer war das! Und sag deinem Vater, wir wollen uns noch mehr Mühe geben, nicht zu sehr zu stören. Das Zimmer ist uns nun mal zugewiesen, aber ich entschuldige mich, dass die Martha immerzu auf dem Flur herumkrabbelt und Krach macht. Sie macht das so gerne! Aber muss ja nicht sein.«

»Doch!«, ruft Traute, und sie ist erstaunt, wie erleichtert auch sie sich auf einmal fühlt. »Natürlich darf Martha auf dem Flur spielen!« Sie geht in die Knie und streckt Martha ihre Arme entgegen. Aber Martha presst sich an ihre Oma. Sie spürt, dass irgendetwas nicht so ist wie sonst. »Ich hab noch eine Puppe für sie!«, sagt Traute und steht wieder auf. »Die wollte ich ihr schon längst schenken! Hab ich nur immer vergessen.«

Anton, denkt sie. Den Anton kann sie haben. Anita nicht. Anita kann ich irgendwie nicht hergeben. Wegen dem Kleinen, auch wenn das unlogisch ist.

»Ach, Marjellchen!«, sagt Frau Makuleit wieder, und allmählich kommt das merkwürdige Wort Traute ganz normal vor und gar nicht mehr komisch. »Wir danken euch sehr.«

Traute nickt und verschwindet auf dem Flur. Ist doch ungerecht, dass Makuleits uns dankbar sein müssen, denkt sie. Ist doch nicht unser Verdienst, dass die Bomben ausgerechnet unser Haus verschont haben in der ganzen Gegend, sonst würden *wir* jetzt irgendwo unterschlüpfen müssen wie sie. Ist alles Zufall: wen es erwischt und wen es verschont. Und ich jammere, weil meine Freundinnen nicht mehr da sind! Dabei ist meine ganze Familie noch am Leben. Nur Zufall, dass ich nichts erleben musste wie Makuleits. Oder Adolf mit seiner Anita. Eigentlich müsste *ich* dankbar sein.

Aber fühlen kann sie das trotzdem nicht.

JAKOB

Als Jakob aufwacht, fällt ein feiner Nieselregen. Windböen treiben ihn durch das glaslose Fenster in seinen Wigwam. Trotzdem ist es so hell, dass er sofort weiß: Es muss mindestens Mittag sein. Aber die Uhrzeit ist auch ganz gleichgültig; seit er nicht mehr bei Herrn Hofmann mit seiner Wohnzimmeruhr lebt, weiß er nie, wie spät es ist. Was spielt die Zeit auch für eine Rolle? Ein Tag ist wie der andere, eine Stunde ist wie die andere, und wenn Herr Hofmann in den Wigwam kam, war er eben da. Da musste Jakob nicht wissen, wie spät es war, nicht warten und die Stunden zählen.

Aber heute darf er nicht zu lange zögern. Heute Nachmittag muss es passieren, das restliche Brot ist gegessen.

Jakob tritt ans Fenster und blickt über das endlose Ruinenfeld im Regen. Er denkt an den Tag, an dem zum letzten Mal die Sirenen geheult haben, wie lange ist das schon her jetzt?

Da war er noch bei Herrn Hofmann in der Wohnung. Sogar bei Tag wagten die Bomberpiloten sich über die Stadt, so sicher fühlten sie sich. Ein Beweis, dass es nicht mehr lange dauern konnte. Und wie jedes Mal hatte Herr Hofmann ihm eingeschärft, in der Wohnung zu bleiben, egal, was passieren würde; bevor er dann selbst mit seiner immer fertig gepackten Tasche mit dem Nötigsten darin eilig zum Bunker gerannt war.

Das hatte er Jakob nicht einschärfen müssen, auch früher waren sie ja in ihrer Wohnung geblieben, wenn die Bomber kamen, die Mutter und er. Obwohl für Jakob der Luftschutz nicht verboten war. Aber wie hätten die Nachbarn wohl reagiert, wenn er in den Keller gewollt hätte?

»Wenn es Gottes Wille ist, dass wir überleben, dann überleben wir auch in der Wohnung«, hatte die Mutter gesagt und Jakob in den Arm genommen. »Und wenn er meint, dass unsere Zeit gekommen ist, dann ist sie das auch im sichersten Bunker.«

Groß war außen auf ihren Pass das J gestempelt und drinnen der verräterische Name Sara, den ihre Eltern ihr nicht gegeben hatten; mit so einem Pass kam man in keinen Bunker.

Und wenn er dann das Dröhnen der Explosionen gehört und die Erschütterung der Einschläge gespürt hatte, hatte Jakob sich fester an die Mutter gepresst in seiner Angst; und hatte doch jedes Mal zugleich eine unbändige Freude gespürt, Freude und Hoffnung: weil das Ende des Krieges wieder ein Stück näher rückte, wenn die Bomben weitere Straßen dem Erdboden gleichmachten. Und Kummer, weil die Stadt trotz allem seine Heimat war und er sie liebte.

Nur einmal hatte Jakob sich in so einer Nacht ans Fenster gestellt, hatte das Verdunkelungsrollo ein wenig angehoben, und die Mutter hatte ihn nicht zurückgehalten. War doch sowieso schwarze Nacht in der Wohnung, kein Licht fiel von drinnen auf die Straße. Dann hatte er mit angehaltenem Atem beobachtet, wie im Osten der Stadt die Flammen zum Himmel schlugen. Die Tannenbäume kamen zuerst, Leuchtmunition, die die Engländer vorab abwarfen, um für die Bomberpiloten das Bombardierungsgebiet abzustecken; dann das Dröhnen der Einschläge, die Flammen, der rot leuchtende Himmel über Rothenburgsort und Hammerbrook und die Feuerwalze, die Qualm und Hitze auch bis zu ihnen trug. In dieser Nacht hatte er nicht einmal Angst gehabt, Grund genug hätte es gegeben.

Als Herr Hofmann vor ein paar nicht gezählten Wochen nach einem Tagangriff zurückgekommen war, die Innenstadt hatten sie dieses Mal in Trümmer gelegt, hatte Jakob gleich gemerkt, dass sich etwas geändert hatte.

»Du musst hier weg!«, hatte der Alte gesagt und einen fahrigen Blick zur Wohnungstür geworfen. »Die fette Schabracke nebenan ahnt was. Ich hab ihr gegenübergesessen, im Bunker. Und als es losging, hat sie sich nicht mal die Hände vor die Ohren gehalten, hat die ganze Zeit gequasselt. Wollte wissen, warum ich denn meinen Gast gar nicht mitgebracht hätte in den Bunker, ich hätte doch einen Gast, sie hätte unsere Stimmen ja immer wieder gehört, ließe sich gar nicht vermeiden, die Wände wären viel zu dünn. ›Das war das Radio!‹, hab ich zu ihr gesagt. Alte Hexe.«

Jakob hatte die Luft angehalten. Wenn die Nachbarin ihn verpfeifen würde, musste er doch noch in den Osten, bestimmt. Wenn auch die Mutter noch hatte fahren müssen! Es gab keinen Schutz mehr.

In den beiden Nächten danach war Herr Hofmann immer gegen Mitternacht verschwunden und erst kurz vor dem Morgengrauen todmüde zurückgekommen. In der dritten Nacht hatte er Jakob dann schließlich ein Zeichen gegeben, dass er seinen Rucksack nehmen sollte und die Wolldecke. »Ich hab ein Versteck für dich gefunden!«, hatte er gesagt. »In Eilbek, da lebt keine Menschenseele mehr. Und ist weit genug weg von hier, da begegnest du keinem, der dich erkennt.«

So war Jakob in seinen Wigwam gekommen und jede Nacht hatte Herr Hofmann ihm zu essen gebracht. Heute muss er es zum zweiten Mal selbst organisieren.

Jakob lässt sich auf die Knie fallen und zieht die Schatulle unter dem Bett hervor. Irgendeiner fremden Frau wird er heute ihre Einkäufe entreißen müssen, nichts anderes bleibt ihm übrig, Gott wird ihm vergeben. Wenn sie nicht vor Schreck gleich loslässt, wird er mit einem Ziegelsteinbrocken auf die Hand einschlagen, die die Tasche oder das Netz trägt. Nur wenn auch das nicht genügt, betäubt er sie mit einem Schlag gegen die Schläfe. Er betet, dass das nicht nötig sein wird.

Er öffnet den Deckel der Schatulle und greift mit beiden Händen hinein. Die Kette, die seine Mutter immer zu ihrem taubenblauen Seidenkleid getragen hat. Der Ring mit dem Aquamarin, von ihrer eigenen Mutter geerbt, das Gold schon ganz dünn gescheuert vom vielen Tragen. Ein Armband wie eine gedrehte goldene Kordel, das sein Vater ihr vor langer Zeit einmal zum Geburtstag geschenkt hat.

Dann endlich entdeckt Jakob das Richtige. Behutsam dreht er eine goldene Brosche vor seinen Augen, dass das Licht die roten Steine aufleuchten lässt: eine Blüte aus kleinen Rubinen, das unwichtigste Schmuckstück von allen. Er hat sie nie bei der Mutter gesehen, keine Erinnerungen, er braucht sie nicht mehr. Diese Brosche ist für sein Opfer, als Bezahlung oder als Trost. Er wird sie einfach auf den Boden fallen lassen, »Für Sie!«, wird er rufen, dann wird er rennen. Es bleibt trotzdem Diebstahl, es bleibt sogar Raub. Aber Jakob will wenigstens tun, was er kann.

Er steht auf. Es wird nicht einfacher werden, wenn er noch länger wartet.

TRAUTE

Als Traute endlich nach draußen darf, hat es begonnen zu nieseln. Kein schlimmer Regen, kein kalter Regen, aber wenn man nicht aufpasst, ist man auch so nach kurzer Zeit durchnässt.

Die Jungs kicken nur noch lustlos, aber nach Hause wollen sie trotzdem nicht. Was erwartet sie da schon.

»Wir könnten in mein Versteck gehen!«, sagt Traute. »*Mensch ärgere dich nicht* spielen. Oder 66. Karten hab ich auch.«

Max hebt den Ball vom Boden auf. Trümmerstaub klebt auf seiner nassen Lederoberfläche.

Hermann nickt zustimmend. »Karten!«, sagt er. Vielleicht

findet er *Mensch ärgere dich nicht* zu kindisch. »Einer dabei, der nicht 66 kennt?«

Die anderen schütteln den Kopf. Also haben sie wohl sogar da 66 gespielt, wo Adolf herkommt. Und ein Kartenspiel ist ein Schatz.

Es ist trocken in Trautes Versteck. Max fegt mit dem Schuh einen Platz in der Mitte frei, damit keine winzigen Zementbröckchen und nicht einmal Staub an den Karten kleben bleiben, wenn einer sie beim Stechen hart auf den Boden knallt. Dann setzen sie sich alle vier auf den Boden und machen es sich so bequem es geht. »Trumpf!«, rufen sie und »Stich!« und »Passe!« und »Hochzeit!«, und Traute hofft, dass Hermann jetzt begreift, wie gut es ist, dass er ihr erlaubt hat mitzumachen. Ein trockenes Versteck mit einem Kartenspiel hat von den anderen keiner.

Es ist Zufall, dass sie den Jungen bemerkt. Traute ist aufgestanden, um sich Anton zu holen, damit sie ihn nachher für die kleine Martha mit nach Hause nehmen kann, da fällt ihr Blick durch die Bombenlücken bis ganz nach vorne zur Straße.

»Da steht einer!«, sagt sie verblüfft.

Hinter einer Fassade, die als einzige Mauer von einem Haus stehen geblieben ist, bei jedem Sturm in Gefahr umzustürzen, verbirgt sich ein Junge. Er ist ungefähr so alt wie sie und beobachtet gebückt, was auf der Straße geschieht. Nur wenige Menschen sind bei diesem Wetter unterwegs, wer kann, wartet lieber ab, bis es wieder trocken wird. Nur ab und zu ein paar Frauen mit Netzen und Kinderwagen, die meisten auf dem Weg zum Laden, wo Trautes Mutter hinter der Theke steht und verkauft.

»Spielst du nicht mehr?«, fragt Hermann.

Traute schüttelt den Kopf, dann winkt sie ihn zu sich. »Gleich!«, sagt sie. »Komm mal! Was macht der da?«

Jetzt steht Hermann auf. Gerade bückt der Junge sich bis zum Boden, greift nach Ziegelbrocken, lässt sie wieder fallen. Schließlich ist er zufrieden. Die Kinder hinter sich hat er nicht bemerkt.

»Wofür braucht der die?«, flüstert Hermann misstrauisch, und Traute weiß, dass er die Ziegel meint.

Eine junge Frau kommt aus der Bäckerei, ein Brot im Arm. Der Junge tut einen Schritt auf sie zu, hebt die Hand mit dem Stein, noch immer hinter der Fassade verborgen. Da beugt sich die Frau über den Kinderwagen, der neben der Ladentür abgestellt war, wirft einen kurzen Blick zum Himmel, aus dem der Regen noch immer gleichmäßig fällt, und steckt das Brot unter die Decke neben das Kind. Der Junge lässt den Arm sinken und tritt wieder einen Schritt zurück.

»Kommt mit!«, zischt Hermann. Trümmersplitter knirschen unter ihren Füßen. »Und dann hier warten!«

Wieder öffnet sich die Ladentür, eine ältere Frau spannt einen Schirm auf und hält ihn über ihren Kopf und das Einkaufsnetz. Der Junge springt von hinten vor, den rechten Arm mit dem Stein erhoben, und greift mit der Linken nach dem Netz.

»Auf ihn!«, brüllt Hermann.

Sie stürzen sich auf den Jungen, alle gleichzeitig. Traute

greift ihm in die Haare und zieht ihm den Kopf mit einem Ruck nach hinten.

Die Frau ist erschrocken stehen geblieben. Sie hat den Jungen bis eben nicht bemerkt und sieht jetzt nur, wie er von vier anderen Kindern zu Boden geworfen wird.

»Was tut ihr denn da!«, ruft sie. »Vier gegen einen! Schämt euch!«

Traute öffnet den Mund, um der Frau zu erklären, was ihr fast passiert wäre, aber da zieht Hermann den Jungen schon wieder unsanft auf seine Beine. »Ist nur Spaß!«, sagt er und schlägt dem Jungen fest auf die Schulter. »Oder, Friedrich? Wir spielen *Räuber und Gendarm*!«

Die Frau schüttelt empört den Kopf. »Aber so heftig müsst ihr doch nun wirklich nicht zupacken!«, sagt sie. »Ist mit dir alles in Ordnung, Friedrich?«

Der Junge nickt. Traute sieht, dass seine Knie aufgeschürft sind vom Sturz. »Wir spielen nur!«, sagt er mit einer Stimme, so leise, dass Traute Mühe hat, ihn zu verstehen.

Die Frau zuckt verärgert die Achseln und geht. Und Traute fragt sich, warum Hermann den Jungen nicht verpfiffen hat.

»Aufheben!«, sagt Hermann da, zeigt auf den Boden und streckt dem Jungen dann auffordernd seine Rechte entgegen.

Und Traute versteht. Der Junge bückt sich und legt, was er aufgehoben hat, hinein. Eine glänzende Brosche mit roten Steinen.

JAKOB

Jetzt haben sie ihn. Jetzt haben sie ihn!

Sie werden zur Polizei gehen. Ihn anzeigen. Was soll er sagen, wer er ist? Ansehen kann man es ihm doch nicht. Und Papiere hat er keine. Er muss lügen, lügen.

Ins Gefängnis gehen, wenn es sein muss. Nur nicht zur Gestapo. Nur nicht in den Osten.

Er muss lügen, lügen.

Aber er kann nicht einmal denken.

HERMANN

»Was sollte das? Was?«, fragt Hermann und boxt den Jungen gegen die schmächtige Brust. Seine Hand hat sich blitzschnell um das Schmuckstück geschlossen. Er hat nicht mal genau gesehen, was es ist. »Freundchen!«

Der Junge zittert. Schon seit Wochen hat keiner mehr vor Hermann gezittert. Seit er kein HJ-Führer mehr ist.

»Ich hatte Hunger!«, flüstert der Junge. »Ich …«

»Hunger haben wir alle!«, sagt Hermann böse und boxt ein zweites Mal. Der Junge taumelt. »Aber überfallen wir deshalb deutsche Frauen? Ein deutscher Junge, der eine deutsche Frau überfällt? Was? Hast du keine Ehre im Leib?«

»Bitte!«, flüstert der Junge. »Bitte!«

»Wo kommst du her?«, fragt Hermann. »Wie heißt du?«

Und nun?, denkt er. Zur Polizei gehen? Dann landet er bei einem englischen Schnellgericht, so viel ist mal klar. Lebensmitteldiebstahl wird hart bestraft. Und soll er einen deutschen Jungen den Tommys ausliefern? Da macht er dem lieber selber Angst. Er spürt das Schmuckstück in seiner Hand. Gelohnt hat es sich doch jetzt schon.

»Also? Name?«

Der Junge starrt ihn verzweifelt an, als wäre die Frage so schwierig, dass er sie unmöglich beantworten kann. Der ist ja vollkommen panisch.

»Friedrich!«, flüstert er dann. »Friedrich – Hofmann.«

»Du lügst!«, ruft Hermann. »Das hab *ich* doch eben zu dir gesagt, Friedrich! Komm schon, sag deinen echten Namen!«

Der Junge schluchzt auf. »Friedrich!«, flüstert er wieder. »Ich heiße wirklich Friedrich!«

Memme.

»Das kann doch sein, Hermann!«, sagt Traute beschwichtigend. »Heißen doch viele! Warum soll er nicht Friedrich heißen?«

»Und wo wohnst du?«, fragt Hermann.

Der Junge zieht die Nase auf. Er sieht aus, als ob er sich ein bisschen beruhigt hätte.

»Nirgendwo!«, flüstert er. »Wir sind ausgebombt.«

Hermann kneift die Augen zusammen. Das stimmt wahrscheinlich. Er muss sich schließlich nur umgucken.

»Und deine Eltern?«, fragt er. »Haben die dich losgeschickt?« Woher hätte der Junge sonst den Schmuck?

Der Junge schluckt. »Die sind … Das weiß ich nicht!«, sagt er. »Ich bin allein.«

Hermann nickt. Armes Schwein, denkt er. Klar, geht ja vielen so. Vater gefallen an der Ostfront, vermisst, gefallen an der Westfront, in Gefangenschaft. Mutter unter Trümmern.

»Hör zu, Freundchen!«, sagt Hermann. »Du hast Glück, dass ich dich nicht anzeige! Aber wenn ich dich noch einmal bei so einer Tour erwische …! Ein deutscher Junge stiehlt nicht, verstanden? Schon gar nicht von einer deutschen Frau! Schon gar nicht in solchen Zeiten!«

Der Junge schüttelt den Kopf. »Nein!«, flüstert er.

»Hau ab!«, sagt Hermann. »Lass dich hier nicht wieder blicken!«

Der Junge sieht aus, als ob er sein Glück noch nicht begriffen hätte. Er wartet den Bruchteil einer Sekunde, ob Hermann wirklich meint, was er sagt, dann dreht er sich blitzschnell um und rennt. Rennt mitten zwischen die Ruinen, springt über Trümmer, schlägt Haken.

»Der hat mir wirklich leidgetan!«, sagt Traute und nickt Hermann zu. »Und was hast du da jetzt gefunden?«

JAKOB

Jakob rennt. Er rennt zwischen den Ruinen, rennt über das Trümmerfeld, rennt im Zickzack. Er stolpert, stürzt, rappelt sich wieder auf. Was ist, wenn sie ihm folgen? Was ist, wenn der Junge sich nur einen Scherz erlaubt hat? Wenn sie ihm nachjagen, alle vier, ihn schnappen und doch der Polizei übergeben?

Osten.

Als er keine Luft mehr bekommt, als sein Herz so heftig schlägt, als wollte es seinen Brustkorb sprengen, als ihm schwarz wird vor Augen, lässt er sich auf den Boden fallen. Bleibt sitzen, wo er gelandet ist, hört seinem wilden Atem zu, schließt die Augen.

Aber keiner kommt. Haben sie ihn bei der Verfolgung verloren? Oder hat der Junge wirklich gemeint, was er gesagt hat?

Sein Hemd war ein Uniformhemd, HJ, aber keine Armbinde. Auch seine Hose war eine Uniformhose. Hätte der Junge gewusst, wer Jakob wirklich ist ...

Aber er hat ihm geglaubt. »Ein deutscher Junge!« So einfach ist es gewesen.

Wenn der Junge ihn nicht erkannt hat als den, der er ist, warum sollten andere ihn dann erkennen? Man sieht einem Juden den Juden doch nicht an. Darum auch der Stempel J auf der Kennkarte, darum für jeden der Name Sara oder Israel. Damit kein Jude so tun kann, als wäre er deutschblütig. Aber Jakob hat sowieso keine Kennkarte. Und Jakob ist schließlich sowieso nur ein halber Jude.

Wenn einer ihn fragt, wer er ist: Von jetzt an wird er immer Friedrich Hofmann sagen. Hier in der Gegend, wo niemand ihn kennt. Könnte er sogar versuchen, neue Papiere zu bekommen, falsche? Und damit dann Marken, um sich Essen zu kaufen? Haben doch viele ihre Papiere verloren. Ausgebombt. Geflüchtet.

Sein Atem wird ruhiger. Sei vernünftig, Jakob!, denkt er. Dieses Mal bist du davongekommen, aber hüte dich vor den Ämtern, Reichssicherheitshauptamt, Gestapo. Sie würden doch nachprüfen, ob es diesen Friedrich Hofmann wirklich gibt, und was dann? Bleib besser in deinem Wigwam.

Sobald es dunkel ist, schleicht er sich wieder dorthin zurück. Sobald es dunkel ist und die Kinder ihn nicht mehr beobachten können.

Bleib in deinem Wigwam. Menschen müssen gar nicht so viel essen.

HERMANN

Hermann hat sich gleich auf den Weg gemacht.

»Spielst du nicht mehr mit?«, fragt Adolf und zeigt auf die Karten, die in Trautes Versteck noch immer auf dem Boden liegen, wie sie sie zurückgelassen haben.

»66 geht auch zu dritt!«, sagt Hermann und kommt gar nicht erst durch die leere Türöffnung mit zurück in den Raum. »Dafür braucht ihr mich nicht.«

»Spielverderber!«, murmelt Max, aber dann sieht er erschrocken hoch. Zu Hermann sagt man so was nicht.

Hermann tut, als hätte er nichts gehört. Für solchen Kinderkram hat er jetzt keine Zeit.

»Bis morgen!«, sagt er. Das wenigstens noch.

Der Regen ist stärker geworden, als er sich auf den Weg zum Hansaplatz macht. Seine Mutter hat davon erzählt, die Frauen sprechen darüber beim Trümmerräumen. Der Schwarze Markt: Alles gibt es da, was sonst nirgendwo mehr aufzutreiben ist und was doch überall fehlt nach den sechs Jahren Krieg: Essen. Kleidung. Hausrat. Und Zigaretten.

Man darf sich nur nicht erwischen lassen von den Tommys. Oder von der Polizei. Wer in eine Razzia gerät, muss mit schweren Strafen rechnen.

Der Hansaplatz liegt in der Nähe vom Hauptbahnhof, nicht mal eine Stunde muss Hermann da gehen. Durch die Ruinenlandschaft zuerst, dann an der Alster entlang, auf der es längst keine Häuser, Brücken-, auch keine Waldattrappen mehr gibt wie im Krieg: Die sollten die feindlichen Bomber irreführen, für die das Wasser mitten in der Stadt Orientierungspunkt gewesen wäre, aber ha! Nun war da kein Wasser mehr. Genützt hatte es nicht. Die Bomber der Amis und der Tommys hatten sich nicht täuschen lassen. Sie hatten getroffen, was sie treffen wollten, konnte jeder sehen.

In Hermanns Schuh dringt das Wasser zwischen Oberleder und Sohle. Eine Jacke hat er auch nicht an. Aber er ist inzwischen schon nass bis auf die Haut, da kann es nicht mehr schlimmer werden. Und es ist Sommer, es ist nicht kalt, und wenn er weiter so schnell geht, hilft auch das gegen das Frieren.

Es ist nicht schwierig, den Hansaplatz zu finden. Als gäbe es irgendwo hinter dem Bahnhof einen Magneten, einen Menschenmagneten, bewegen sich aus allen Richtungen Leute darauf zu. Langsam, als wären sie gelangweilt, ohne Eile. Unauffällig, unauffällig. Und dann ist Hermann angekommen.

Und sieht, wovon seine Mutter erzählt hat, wohin sie selbst längst so gerne gegangen wäre, hätte sie nur gewusst, was sie entbehren, was sie eintauschen kann. Nun ist Hermann vor ihr da. Und hat bei sich, was er tauschen wird.

An zwei Seiten sind die Häuser, die den Platz einmal begrenzt haben, durch Bomben zerstört; Trümmerschutt ist davor aufgehäuft. An den anderen beiden stehen die Wohnhäuser noch, pompöse Gebäude mit Stuck und Verzierungen an den Fassaden. Und in der Mitte ein Brunnen, so hoch, dass die überlebensgroße Frauenfigur, die ihn krönt, Hammonia, den Bewohnern im dritten Stock der unversehrten Bürgerhäuser in ihre Zimmer blicken kann.

Um den Brunnen herum schlendern Menschen über den Platz, als hätten sie kein Ziel, kehren um, wenn sie die gegenüberliegende Seite erreicht haben, überqueren ihn erneut. Junge Männer, alte Männer, Frauen. Auch wenige Jungs wie Hermann, auch Mädchen.

Und wenn man sich hineinwagt in das ungeordnete Gewimmel, hört man plötzlich, wie sie vor sich hin murmeln, ohne einander anzusehen dabei: gerade laut genug, um gehört zu werden; leise genug, um nicht aufzufallen.

»Quittengelee, Quittengelee!«, murmelt eine Frau, die eine zerschlissene karierte Einkaufstasche trägt, als sie an Hermann vorbeigeht. Anstatt ihn anzusehen, öffnet sie die Tasche einen Spalt weit. Hermann sieht Einweckgläser, leise klirren sie gegeneinander. Er schüttelt den Kopf.

»Bettwäsche, so gut wie neu!«, murmelt eine andere. Sie ist zu rund unter ihrem jetzt im Sommer lächerlichen Wintermantel, runder als Menschen in dieser Zeit sein können. Bestimmt hat sie sich in ihre so gut wie neue Bettwäsche eingewickelt. »Bettwäsche, beste Qualität!«

Sie wird mehr Glück haben als die Quittenfrau, denkt Hermann. So viele sind doch ausgebombt, haben alles verloren; Bettwäsche, dafür gibt mancher sicher einiges.

Ein kleiner, magerer, alter Mann mit weißem Hemd und Krawatte, an dem sein Anzug schlottert und der keine Tasche bei sich trägt, sieht sich durch dicke Brillengläser immer wieder ängstlich um, bevor er es wagt, sein Angebot zu flüstern.

»Goethe Gesamtausgabe!«, flüstert er. »Zwanzig Bände! Gut erhalten!«

Hermann guckt auf den Boden, der Mann soll nicht sehen, dass er grinsen muss. Goethe Gesamtausgabe! Was glaubt der Alte denn, wo er hier ist? Sieht man ja gleich, der ist ein Professor. Keine Ahnung vom echten Leben, selbst jetzt noch nicht.

Dann bleibt Hermann mit einem Ruck stehen. Ein Tommy geht auf den Mann zu, gleich wird er ihm die Hand auf den Arm legen und nach seiner Kennkarte fragen, dann wird der Alte abgeführt. Auf einmal ist der Platz leer. Wer eben noch murmelnd um den Brunnen herumgeschlendert ist, ist auf einmal eilig verschwunden in den umliegenden Straßen hinter den Trümmern. Nur Hermann hat nicht schnell genug reagiert.

Und dann sieht er verblüfft, dass das auch gar nicht nötig war. Er sieht es an dem Strahlen auf dem Gesicht des alten Mannes, der dem Tommy gerade einen Zettel in die Hand drückt. »My address!«, sagt er. Natürlich, so einer kann Englisch. »Tonight, after seven.«

Goethe!, denkt Hermann, als der Tommy in Richtung Bahnhof verschwindet, der alte Mann in der entgegengesetzten Richtung. Wer hätte das gedacht! Aber vielleicht will der Tommy ja Deutsch lernen. Oder er hat nach einem Geschenk für sein deutsches Liebchen gesucht, seine Veronika, na, die wird sich freuen. Dabei ist Fraternisieren sowieso verboten. Aber halten sich ja nicht daran, die Tommys, und deutsche Mädchen, die keine Ehre haben, auch nicht. Gibt nur noch so wenige deutsche Männer, sind so viele im Krieg geblieben, und dann kommen diese Tommys mit ihren Zigaretten und ihrem Dosenfleisch. Da wird heute Abend aber eine staunen, wenn es Goethe gibt statt Cadbury. Vielleicht verabschiedet sie sich dann von dem Dummkopf. Verdient hätte er es.

Und dass die Tommys so heimtückisch sind! Verhaften die Deutschen auf dem Schwarzen Markt und tauschen selbst! Hermann hätte gerne gewusst, was der Alte für seine Gesamtausgabe bekommen wird.

Allmählich füllt der Platz sich wieder und Hermann taucht ein in das Summen. »Goldbrosche!«, murmelt er mutig und öffnet für Vorbeigehende kurz seine Hand. »Echtes Gold, Rubine!«

Dabei, woher will er das wissen? Er hat in seinem Leben noch niemals Rubine gesehen, er weiß nur, dass sie rot sind. Aber das ist das Risiko des anderen, der die Brosche will. Das hier ist kein Juweliergeschäft. Hier tauscht man, wenn man dem anderen vertraut, nur so funktioniert dieser Markt. Klar, dass Gauner das ausnutzen. Ob er selbst auch ein Gauner ist, weiß Hermann nicht. Weiß ja nicht, wie echt die Brosche von diesem Friedrich ist.

»Goldbrosche!«, murmelt er wieder. Ist es klüger, Frauen anzusprechen oder Männer? Welche Frau wird in diesen Zeiten schon eine Brosche wollen? Lieber Schokolade, sogar Quittengelee, lieber Zigaretten. Aber ein Mann vielleicht. Ein Geschenk für seine Liebste. Und am besten wäre, es käme noch mal ein anderer, ein klügerer Tommy vorbei.

Ein Einbeiniger hinkt schnell und geübt an seinen Krücken über den Platz. »Linke Schuhe!«, murmelt er. »Winterschuhe, Sandalen, Tennis! Linke Schuhe!«

Hermann starrt ihn an. Das linke Bein fehlt unter dem Knie. Jetzt müsste ein anderer kommen, bei dem das rechte Hosenbein hochgesteckt ist. Der Mann bewegt sich am Brunnen vorbei mit ziemlicher Leichtigkeit. Klar, der wird auch seinen Tauschpartner finden. Linker Schuh gegen rechten Schuh. Oder zuerst linker Schuh gegen Quittengelee, wenn die Frau mit der karierten Tasche auch einen versehrten Mann hat, oder gegen Bettwäsche, wenn der Sohn der Runden im Wintermantel sein Bein bei Stalingrad gelassen hat. Und dann vielleicht Quittengelee gegen rechten Schuh. Bettwäsche gegen rechten Schuh. Vielleicht hinkt der Mann am Abend nach Hause mit dem, was er braucht.

Wie gut, dass sein Vater den Markt nicht erlebt. Würde doch wieder nur jammern – »Warum konnten sie mir nicht wenigstens ein Bein lassen? Warum gleich beide?« Als müsste einer glücklich sein, der mit einem Bein an Krücken hinkt.

Aber er hätte ja recht!, denkt Hermann. Vater hätte recht! Dieser Mann kann gehen. Dieser Mann kommt allein dorthin, wohin er will, selbst zum Schwarzen Markt. Er muss nicht auf Prothesen warten, die ja doch nie kommen werden. Er kann linke Schuhe gegen rechte Schuhe tauschen. Der Vater hat noch beide und braucht sie beide nicht.

Dann hört Hermann das Zauberwort. Das Wort, auf das er gewartet hat. »Selbst gezogener«, murmelt ein hoch gewachsener Mann mit einem Rucksack. Als ob ein Rucksack nicht auffällig wäre! »Erste Qualität! Selbst gezogener!«

»Brosche?«, murmelt Hermann. »Goldbrosche, mit Rubinen?«

Der Mann kneift die Augen zu Schlitzen zusammen, dann schlendert er langsam, aber zielstrebig auf das zu, was einmal die Rostocker Straße war, und verschwindet zwischen den Trümmern. Er murmelt nicht mehr. Hat Hermann ihn richtig verstanden? Er läuft hinterher.

Der Mann ist noch nicht alt. Er hat ein graues Gesicht, dem man die Müdigkeit ansieht.

»Du hast eine Goldbrosche?«, fragt er, als Hermann ihn erreicht hat. Also hat er sich nicht getäuscht. Der Mann will tauschen.

Hermann nickt und öffnet wieder seine rechte Hand. Da liegt die Brosche, aber im Nieselregen glänzen ihre Steine nicht.

Der Mann nimmt sie und dreht sie zwischen den Fingern, dann dicht vor seinen Augen, sucht nach dem Stempel.

»Woher ist die?«, fragt er.

Hermann zuckt die Achseln. »Von meiner Mutter«, sagt er. »Ich soll sie gegen Zigaretten tauschen. Mein Vater hatte schon ewig keine mehr.« Und als könnte das den Mann überzeugen, sagt er sogar noch: »Meinem Vater haben sie die Beine weggeschossen.«

»Armer Kerl!«, sagt der Mann, aber es klingt nicht, als hätte er Mitleid. Wenigstens lebt der Vater ja noch, anderen haben sie das Hirn weggeschossen; nur die Beine, das ist ein Grund, dankbar zu sein. »Ich nehm die und du kriegst drei Päckchen.«

Unter seinem nassen Mantel zieht er in Zeitungspapier eingewickelte Pakete heraus. »Ist bisschen feucht geworden, aber kannst du wieder trocknen. Allerbester Knaster. Ich hab meinen Garten am Rübenkamp.«

Hermann öffnet ein Paket und schnuppert. Woher soll er wissen, ob das wirklich Tabak ist? Guter Tabak auch noch? Aber woher weiß der Mann, dass Hermann ihn nicht mit der Brosche betrügt?

»Er hat keine Pfeife«, sagt Hermann zögernd und sieht zweifelnd auf die feinen, braungrünen Krümel.

»Zeitungspapier genügt!«, sagt der Mann. »Einfach rollen, anzünden – das ist besser als die beste Lucky Strike!«

Hermann nickt. Er steckt sich die Päckchen in den Bund seiner Uniformhose und lässt das Hemd darüberhängen. Geht ja nun alles. Darf man ja. Gibt keinen Ärger mehr, wenn man die Uniform nicht korrekt trägt.

Und hat er nicht Glück gehabt? Keine Polizei, keine Razzia, war eigentlich ganz einfach alles. Wenn er wieder was zu tauschen hat, weiß er jetzt, wo.

Der Mann kehrt ihm den Rücken zu und geht wieder auf den Platz, ohne sich noch einmal umzudrehen. Der muss heute Abend noch ganz bis zum Rübenkamp laufen. Da hat Hermann es besser.

TRAUTE

Als sie durch den Regen nach Hause geht, hat Traute Anton dabei. Anita mit ihrem zerschrammten Gesicht hat sie wieder auf den Stapel mit den Spielen zurückgesetzt.

»Oder möchtest du sie haben?«, hat sie Adolf noch gefragt, das ist ihr plötzlich eingefallen. Aber der hat erschrocken den Kopf geschüttelt.

In der Wohnung steht Frau Makuleit gerade in der Küche und kocht die Rüben für das Abendessen. »Ich bin gleich fertig, Marjellchen!«, sagt sie hastig. »Deine Mutter hat mir den Vortritt gelassen. Gleich könnt ihr den Topf und den Herd haben.«

Traute nickt ungeduldig. Darum geht es gerade nicht. »Hier!«, sagt sie. »Der ist für Martha! Das ist eine Jungspuppe, kann man nicht so sehen, aber er heißt Anton!« Und sie setzt die Puppe erwartungsvoll auf den Küchentisch.

Frau Makuleit verteilt eilig das Rübenmus aus dem Topf auf die vier Teller, die jetzt ihre Familie benutzen darf. »Wie lieb von dir, Marjellchen!«, sagt sie, ohne zu Anton hinzusehen. »Aber willst sie ihr nicht lieber selbst geben?« Sie sagt »*jeben*«. Aber Traute will nicht mehr darüber lachen.

»Doch, mach ich!«, sagt sie. Sowieso steht gerade wieder die Wohnzimmertür offen. Die Großmutter sitzt auf dem Sofa und flickt Kinderzeug, und Martha krabbelt blitzschnell auf dem Flur auf und ab.

»Lula!«, ruft sie dabei und lacht und lacht. »Lula!«

Was immer das heißen soll.

Traute geht in die Knie und hält Anton vor sich hin. Sie wackelt mit seinen Armen, als wollte er winken, auf und ab. »Guck mal, Martha, eine Puppe! Guck mal, der Anton!« Und wieder bewegt sie einen Arm auf und ab.

Martha hört auf zu krabbeln und bleibt, wo sie gerade ist.

Dann kommt sie vorsichtig näher und streckt eine Hand nach Anton aus. Sie zieht sie wieder zurück.

Sie hat Angst vor ihm!, denkt Traute. Sie muss doch Puppen kennen! Sie müssen doch Puppen gehabt haben, da in ihrem Ostpreußen! Aber vielleicht ist Martha noch zu klein. Vielleicht erinnert sie sich nicht mehr. Sie ist immer noch vorsichtig. Was ist das für ein winziger Mensch, der da immerzu winkt? Ist der lebendig?

»Die ist für dich, Martha!«, sagt Traute. »Die heißt Anton!«

Aber Martha kommt nicht mehr näher.

Dafür kommt Eva aus der offenen Wohnzimmertür gerannt. »Eine Puppe!«, ruft sie und reißt sie Traute aus der Hand. »Die ist für mich!« Und sie nimmt Anton in den Arm und wiegt ihn wild hin und her. Dann springt sie blitzschnell zurück, damit Traute ihr die Beute nicht wieder wegnehmen kann. »Die ist für mich!«

Ist sie nicht!, will Traute sagen. Die ist für Martha! Stattdessen steht sie auf.

»Die ist für euch beide!«, sagt sie. »Mal darf Martha sie haben und mal du. Sonst nehm ich sie dir wieder weg.«

Eva guckt sie kämpferisch an.

»Die ist für mich!«, sagt sie und verschwindet im Wohnzimmer. Martha krabbelt heulend hinterher.

Traute seufzt. Es ist doch egal, wer sie hat, denkt sie. Ich bin sowieso zu groß für Puppen.

In der Küchentür bleibt Hermann stehen.

»Mutti!«, sagt er erschrocken. Seine Mutter sitzt am Tisch und beugt sich tief über das Wachstuch. In der Rechten hält sie ihre gute Schneiderschere, die Hermann niemals für Papier benutzen darf, und in der Linken eine Haarsträhne. Und sie trägt Vaters ölverschmierten Arbeitsanzug.

Die Mutter dreht sich um. Ihre Augen leuchten. »Hermann!«, sagt sie und legt die Schere aus der Hand. »Stell dir vor …« Dann sieht sie auf seinen Gürtel. »Was hast du da?«

Hermann zieht die Päckchen heraus. »Tabak!«, sagt er ein bisschen atemlos und legt sie neben der Schere auf den Tisch. »Eingetauscht!«

Jetzt! Jetzt werden sie sich freuen!

Der Blick des Vaters wird gierig. »Gib her!«, sagt er und versucht, sich weit genug vorzubeugen. »Nun gib doch schon her, verflucht!«

Hermann reicht ihm ein Päckchen. »Schwarzmarkt!«, sagt er dabei zu seiner Mutter. »Es ist genau, wie du gesagt hast! Da gibt es alle möglichen Sachen. Du musst nur Glück haben, dass du auch grade genau das kriegst, was du willst. Ist alles Zufall.«

Der Vater hat mit flatternden Fingern das Päckchen geöffnet. »Tabak!«, sagt er staunend.

»Das Papier musst du zum Drehen nehmen!«, sagt Hermann glücklich. Sonst haben sie ja keine Zeitung in der Wohnung. »Dann ist die besser als die beste Lucky Strike!«

Er greift nach den Zündhölzern.

Die Mutter starrt ihn immer noch an. »Und was hattest du dabei?«, fragt sie. »Wofür hast du das eingetauscht? Soll ich jetzt die ganze Wohnung durchsuchen, um zu sehen, was fehlt?«

Hermann schüttelt den Kopf. »Ich hab nichts genommen!«, sagt er und reißt ein Zündholz an. Das feuchte Papier mit dem feuchten Tabak darin qualmt zwischen den zitternden Fingern des Vaters. »Ich hab eine Brosche eingetauscht! Die hab ich auf der Straße gefunden!«

»Hermann!«, sagt die Mutter. Das Leuchten ist aus ihren Augen verschwunden. »Lüg mich nicht an! Kein Mensch verliert einfach so eine Brosche!«

»Ich schwöre bei meiner Ehre!«, sagt Hermann und legt die rechte Hand aufs Herz, wie er es beim Jungvolk gelernt hat. »Die hat irgendwer da verloren!«

Die Mutter guckt misstrauisch, dann sieht sie zum Vater hin, der an seiner Selbstgedrehten zieht, heftig, wie ein Ertrinkender, der nach Luft schnappt. Dann hustet er. »Was soll denn das sein?«, brüllt er. »Das kann doch kein Mensch schmöken!«

»Du musst es erst trocknen lassen!«, sagt Hermann trotzig. »Der Mann baut das in seinem Schrebergarten an, am Rübenkamp! Der hat Erfahrung!«

Die Mutter beugt sich wieder über den Tisch, jetzt fällt die Strähne auf das Wachstuch. Vielleicht hat sie beschlossen, dass sie ohnehin nichts mehr ändern kann. »Wenn du die Brosche wirklich gefunden hast, ist es gut!«, sagt sie. »Wer so unvorsichtig ist, wertvolle Sachen zu verlieren ... Aber überfallen, Hermann, überfallen geht nicht!« Sie greift nach der nächsten Strähne. Ihr Haar sammelt sich auf dem Tisch.

Hermann sieht zu. Der Vater zieht weiter an seiner Zigarette, hustet, nimmt den nächsten Zug. Aber Hermann hat nur Augen für seine Mutter. »Warum machst du das?«, fragt er verblüfft. Die nächste Strähne fällt. Als die Mutter den Kopf hebt und ihn ansieht, ist nichts mehr übrig von ihren blonden Locken.

»Den Feinschliff mach ich gleich vor dem Spiegel!«, sagt sie und springt auf. Im viel zu weiten Arbeitsanzug dreht sie sich mit ausgebreiteten Armen wie ein Mannequin, wie eine Ballerina. Dabei stößt sie mit einer Hand ein wenig gegen den Küchenschrank, dass das Geschirr klirrt. So groß ist die Küche nicht. »Was sagst du?«

Hermann zuckt die Achseln. Schöner sieht sie so nicht aus. »Und was soll Vaters Mechanikeranzug?«, fragt er.

Jetzt strubbelt sie ihm durch die Haare, wie sie das früher gemacht hat, als er noch ein kleiner Junge war, ein Zeichen dafür, dass sie sich freut. Das Leuchten ist wieder zurück.

»Ich hab den Rudi getroffen!«, sagt sie und setzt sich. »Weißt du noch? Rudi Schliesseck?«

Hermann nickt. »Den Gesellen?«, fragt er.

Die Mutter nickt. »Der kam grade vorbei, als wir geräumt haben!«, sagt sie. »War auch nur Zufall, dass er mich erkannt hat! Aber dann hat er gefragt, wie es uns geht und was der Fiete macht …«

»… und da hat er sich gefreut, dass der jetzt ein Krüppel ist!«, ruft der Vater. Den Rest seiner Zigarette hat er aufs

Wachstuch fallen lassen, wo sie ein kleines, schwarzes Loch brennt. »Musste ihn ja oft genug zurechtstauchen früher, den Rudi! Konnte man sich auf den verlassen als Meister und Inhaber einer Werkstatt?« Er schlägt mit der Faust auf den Tisch. »Faul war der, unzuverlässig war der, aber jetzt, natürlich …«

Die Mutter unterbricht, als hätte er nichts gesagt. »Er arbeitet für die Tommys!«, sagt sie. »Stell dir vor, Hermann, die haben am Holstenhofweg eine Reparaturwerkstatt für ihre Fahrzeuge, aber als Automechaniker nehmen sie auch Deutsche! Er hat gesagt, sie suchen noch zuverlässige Leute. Und ob Fiete nicht will. Da musste ich ihm ja erklären, dass das nicht geht.«

»Und dann?«, fragt Hermann. Allmählich beschleicht ihn eine Ahnung.

»›Und du?‹, hat der Rudi gefragt«, sagt die Mutter. »Der hat ja gesehen, was ich da mache, beim Trümmerräumen. Und der weiß ja, dass ich mit Autos aufgewachsen bin! ›Da könntest du doch dein Geld leichter verdienen als beim Enttrümmern! Und mehr! Und von dem Tommys gibt es auch schon mal was von ihren Rationen!‹ «

Hermann starrt sie an. »Der glaubt, sie nehmen auch Frauen?«, fragt er.

Die Mutter schüttelt lachend den Kopf. »Das glaubt er nicht, natürlich!«, sagt sie. »Aber er verrät mich nicht, hat er gesagt. Die Tommys darf man schon mal bescheißen, das geht in Ordnung. Und so richtig bescheiße ich sie ja auch nicht. Ich kann schließlich alles, was sie brauchen. Ich bin nur kein Mann.«

»Und die Papiere?«, fragt Hermann zweifelnd. »Die wollen doch bestimmt deine Papiere sehen!«

Die Mutter lacht. »Das ist die leichteste Übung!«, sagt sie. »Ich nehm Vatis Meisterbrief mit! Und seine Lebensmittelkarte und seine Denazifizierung! Da ist nirgendwo ein Foto drauf, woran sollen sie wohl merken, dass ich nicht Fiete bin? Meine Kennkarte ist beim Bombenangriff auf die Werkstatt verbrannt, sage ich. Warum sollten sie mir nicht glauben?«

Weil du immer noch wie eine Frau aussiehst, denkt Hermann, auch mit den abgeschnittenen Haaren, auch im Arbeitsanzug. Aber vielleicht denkt er das auch nur, weil er sie kennt.

»Und wenn ich dann erst mal einen Tag gearbeitet habe!«, sagt sie, »sehen sie ja, was ich kann. Dann kommen sie bestimmt nicht mehr auf die Idee, ich könnte eine Frau sein.«

»Wenn der Rudi dich wirklich nicht verrät …«, sagt Hermann zweifelnd.

»Und ich werde wohl gar nicht gefragt, was?«, ruft der Vater. »Ist ja nicht nötig, ich zähle doch sowieso nicht mehr! Das ist mein Arbeitsanzug! Das ist mein Meisterbrief! Ich erlaube es dir nicht und Schluss!«

Die Mutter dreht sich müde zu ihm hin. »Sei vernünftig, Fiete!«, sagt sie. »Dann geht es uns endlich besser! Und du brauchst die Sachen doch sowieso nicht mehr! Nicht den Arbeitsanzug und nicht den Meisterbrief! Warum soll ich sie denn dann nicht nehmen?«

»Weil sie mir gehören!«, ruft der Vater. »Weil sie immer noch mir gehören! Das kann mir keiner nehmen, dass ich Meister bin, immer noch! Du wirst nicht …«

»Und was nützt uns das?«, ruft nun die Mutter auch. »Nichts nützt es uns!«

»Ich erlaube es nicht!«, brüllt der Vater. Wieder schlägt er auf den Tisch.

Jetzt dachte ich, er würde heute einmal für eine Weile fröhlich sein, denkt Hermann. Weil ich ihm den Tabak besorgt habe. Aber das gibt es wohl gar nicht mehr bei uns. Dass irgendwer sich freuen darf. Das ist vorbei.

»Weißt du was, Fiete?«, sagt die Mutter. Ihre Stimme ist inzwischen eisig. »Was du mir erlaubst und was nicht, kümmert mich einen feuchten Kehricht. Nicht so viel kümmert mich das.« Sie hält Daumen und Zeigefinger gegeneinander, das Maß dazwischen ist kaum zu sehen. »Sei dankbar, dass ich mich um die Familie kümmere! Und versuch nicht immer zu bestimmen. Die Zeiten sind vorbei.«

Der Vater lässt sich mit einem Geräusch, das klingt wie ein Schluchzen, auf dem Sofa zurückfallen und dreht den Kopf zur Wand. Seine Schultern zucken.

Die Mutter geht zum Ausguss, über dem der Spiegel hängt, an der rechten unteren Ecke ein wenig gesplittert, und zupft an ihren Haaren. Dann holt sie Rasierpinsel und Rasierer unten aus dem Küchenschrank. »Und jetzt noch mal richtig kurz!«, sagt sie.

Der Vater protestiert nicht mehr.

»Mutti!«, flüstert Hermann.

Das Gesicht der Mutter ist hart. »Bring ihn runter, Hermann!«, sagt sie. »Bevor hier noch wieder was passiert. Der Gestank ist ja ohnehin schon kaum noch auszuhalten.«

Dienstag, 26. 6. 1945

JAKOB

Wie gut, dass es im Sommer so früh hell wird: Nun ist die Nacht endlich vorbei, auch wenn kein Vogel über den Ruinen mit seinem Gesang den Anbruch des Tages verkündet. Nur die Sonne schleicht sich langsam über den Horizont, und Jakob darf endlich den Versuch einstellen, doch noch ein bisschen Schlaf zu finden. Er weiß sowieso, dass sein Magen ihm nicht erlauben wird zu schlafen, bevor er nicht etwas zu essen aufgetrieben hat.

Und jetzt, wo es hell wird, sind auch seine Gedanken klarer. Er trinkt einen Becher Wasser, auch Wasser füllt den Magen.

Sie haben ihn nicht erkannt. Die Kinder haben ihn gestern nicht erkannt. Sie haben sich auf ihn gestürzt, weil er die Frau überfallen wollte, und vielleicht, weil sie schon da die Brosche entdeckt hatten. Aber sie haben nicht begriffen, wer er ist.

Ein deutscher Junge.

Niemand kann es sehen, denkt Jakob. Ich hab doch die blonden Haare von meiner Mutter geerbt, das ist ja das Verrückte. Ihre blonden Haare und ihre blauen Augen. So sieht kein Judenjunge aus. Sie haben zu Hause zu Anfang noch gelacht, manchmal – früher, ganz früher, über die Bilder im *Stürmer*: die Bilder von Juden mit abstoßend großen Nasen, mit verschlagenen Gesichtern.

»Wie bodenlos albern!«, hatte der Vater damals noch gesagt und die Mutter in den Arm genommen. »Wenn sie raten sollten, wer von uns beiden der Jude ist, auf wen würden sie wohl tippen?«

Dann hatten sie nicht mehr gelacht. Es gab keinen Grund zum Lachen, man lacht nicht über seine Verfolger. Und wenn die Mutter in den ersten Jahren auch noch fast ohne Angst unerkannt alles tun konnte, was Juden eigentlich verboten war, dann war das spätestens vorbei, sobald auf ihrer Kennkarte das große J aufgestempelt war. Und dann der zweite Name Sara. Da durfte sie sich in keiner Straßenbahn mehr erwischen lassen, in keinem Park, in keinem Theater, Konzert oder Kino. Da nützten ihr auch ihre blonden Haare nichts mehr.

Aber ihm konnten sie jetzt nützen. In dieser Nacht war Jakob klar geworden, dass er ohne Hilfe verloren war. Solange Herr Hofmann gekommen war, war alles gut. Aber ganz allein konnte niemand überleben. Überfälle waren nicht so einfach, wie er geglaubt hatte.

Er musste die Kinder von gestern suchen. Er würde ihnen das Märchen von Friedrich Hofmann erzählen, dessen Zuhause ausgebombt, dessen Mutter dabei ums Leben gekommen und dessen Vater bei Stalingrad gefallen war. Und er würde die Kette mitnehmen, die Kette zum taubenblauen Kleid. Vielleicht würden sie die Kette gegen etwas zu essen eintauschen. »Das wirst du noch brauchen«, hatte Herr Hofmann gesagt.

Und der große Junge, der im HJ-Hemd, hatte ihm die Brosche abgenommen. Vielleicht wollte er sie nur seiner Mutter schenken. Aber vielleicht wusste er auch etwas Besseres damit anzufangen. Vielleicht kann er Jakob mit seiner Kette helfen.

Jakob trinkt noch eine Tasse Wasser. Bis er etwas zu essen hat, muss das reichen.

HERMANN

Hermann hält es nicht mehr aus. Die Mutter ist früh aufgebrochen zum Holstenhofweg im Arbeitsanzug des Vaters, seine Papiere in seiner zerschrammten Aktentasche, ein bisschen aufgeregt, aber voller Zuversicht. »Wünscht mir Glück!«, hatte sie gesagt. »Fiete und Hermann, drückt mir die Daumen!«

Der Blick, mit dem der Vater sie angesehen hatte, war hasserfüllt gewesen. Aber er hatte geschwiegen. Man kann nur verbieten, was man auch verhindern kann.

Dann hatte der Vater sich eine Zigarette nach der anderen gedreht und Hermann hatte das Küchenfenster aufgerissen. Draußen nichts als Ruinen, und auf dem Gehweg kein anderes Kind.

So schlecht kann der Tabak dann ja nicht sein, wenn der Vater sich eine Zigarette an der vorigen anzündet. Und fast ist Hermann froh über den Qualm. Er überdeckt den anderen Geruch, an den er sich niemals gewöhnen wird.

»Ich geh raus!«, sagt Hermann. »Du hast ja zu schmöken! Soll ich dich noch mal runterbringen?«

Der Vater nimmt einen tiefen Zug. Er macht ein Gesicht,

als wollte er Hermann anbrüllen. Aber dann lässt er die Schultern sinken und nickt.

Und jetzt lungert Hermann auf der Straße und wartet. Gleich werden die anderen kommen, wenigstens ist es heute trocken. Er hätte niemals geglaubt, dass er sich einmal nach der Schule sehnen würde. Nach der Schule, aber vor allem nach dem Jungvolk; nach den Liederabenden, dem Lagerfeuer und nach dem Exerzieren. Nach den Landeinsätzen mit seiner Kameradschaft zur Kartoffelernte. Immer hatte es etwas zu tun gegeben. Jetzt sind die Tage leer.

Dann sieht er ihn, am Ende der Straße. Er kneift die Augen zusammen. Doch, das ist Ludwig, der Amerikaner. Ist er noch nicht zurück in seine amerikanischen Zone? Und was tut er hier?

Vielleicht hat er wieder Zigaretten dabei, denkt Hermann. Der Vater wird wütend sein, wenn der Amerikaner auftaucht, noch wütender, als er es sowieso schon immer ist, aber seine Zigaretten wird er gerne nehmen. Sind ja vielleicht doch besser als das Kraut vom Rübenkamp.

Inzwischen hat Ludwig ihn auch erkannt. Er winkt. »Hi, Hermann!«, sagt er.

Hi. Das ist Amerikanisch. Das passt zu den Amis, alles immer so lässig, als wäre nichts wichtig, keine Höflichkeit, keine Disziplin. Sind doch keine zivilisierten Menschen, sind alle Cowboys. Auch ihre Soldaten sollen locker in ihren Jeeps hängen, als wäre das hier alles ein Sonntagsausflug. Keine Ehre im Leib. Das wenigstens ist bei den Tommys anders. Die haben wenigstens Benimm.

»Hi, Hermann!«, sagt Ludwig noch mal, als ob er glaubt, Hermann hätte ihn nicht gehört. »Ich wollte mit deinen Eltern reden, bevor ich zurückfahre!« Und er geht schon weiter, auf den Hauseingang zu.

»Meine Mutter ist nicht da!«, sagt Hermann unfreundlich.

Der Amerikaner bleibt abrupt stehen und sieht ihn an. »Trümmer räumen?«, fragt er. »Wo kann ich sie finden?«

Hermann zuckt die Achseln. Dem wird er doch nichts erzählen. Wer weiß, ob der die Mutter nicht bei den Tommys verpetzt. Die waren doch schließlich Verbündete, Amis und Tommys.

»Ich weiß nicht, wo sie heute ist!«, sagt er. »Das erzählt sie mir ja nicht.«

Ludwig macht ein Gesicht, als ob er ihm glaubt. »Nur dein Vater oben?«, fragt er. Hermann nickt.

Ludwig seufzt. »Das ist vertrackt!«, sagt er. »Ich wollte was Wichtiges besprechen!«

Der hat auch schon begriffen, dass der Vater keine Rolle mehr spielt, denkt Hermann. Er wundert sich, dass ihn das böse macht. Aber er sagt auch nicht, dass Ludwig mit dem Vater reden soll.

»Ich wollte euch einen Vorschlag machen!«, sagt Ludwig. »Ich habe mit meinem Major gesprochen.« Dabei mustert er Hermann von Kopf bis Fuß, als sähe er ihn heute zum ersten Mal. »Komm, wir setzen uns hin.«

Er lässt sich auf einem Mauerrest nieder und zündet sich eine Zigarette an. »Willst du auch eine?«

Hermann nickt, aber als der Amerikaner ihm Feuer geben

will, schüttelt er den Kopf. Die Zigarette ist für den Vater. Er selbst hat noch niemals geraucht, gibt schließlich nichts, und was soll er wohl tun, wenn es ihm nach dieser Zigarette gefällt? Dann hat er womöglich auch immerzu einen unerträglichen Schmachter nach Zigaretten wie der Vater und so viele andere Männer. Es reicht schon, dass er immerzu Hunger hat.

»Hör zu, Hermann!«, sagt der Amerikaner. »Ich hab ja vorgestern gesehen, wie ihr lebt. Du glaubst gar nicht, wie leid mir das alles tut. Aber ich kann nichts machen. Das ist hier die britische Zone. Wenn es bei uns wäre …« Er zuckt hilflos die Achseln.

Bei uns?, denkt Hermann. Bei uns? Das ist nicht bei euch! So redest du schon über eure amerikanische Zone, dabei ist die schließlich immer noch Deutschland!

»Deinem Vater kann ich nicht helfen«, sagt der Amerikaner. »So gerne ich das täte, glaub mir. Das ist furchtbar alles für ihn, aber daran kann ich nichts ändern. Aber du«, jetzt sieht er Hermann durchdringend an, »du bist noch so jung! Du hast doch noch dein ganzes Leben vor dir. Also hab ich mit meinem Major gesprochen. Es müsste möglich sein, dass du mit uns in die Staaten kommst, wenn ich zurückgehe. Da gibt es Wege, ich bürge für dich, wir sind auch verwandt. Deine Eltern müssten natürlich einverstanden sein. Du könntest zur Schule gehen, einen vernünftigen Beruf lernen. Was hast du hier für eine Zukunft? Wie lange wird es dauern, bis …« Ludwig guckt sich um. »Deinem Vater kann ich nicht helfen. Aber vielleicht dir, Hermann.«

Hermann starrt ihn an. Sein Kopf ist wie leer gefegt.

»Das wollte ich mit deiner Mutter besprechen«, sagt Ludwig. »Aber nun hab ich es wenigstens dir gesagt. Denk drüber nach, erzähl es ihnen. Ich muss jetzt wieder los. Aber in ein paar Wochen sind wir wieder in Hamburg. Dann können wir alle in Ruhe darüber sprechen. Bis dahin macht euch schon mal Gedanken.«

Hermann sagt immer noch nichts. Aber Ludwig scheint auch keine Antwort zu erwarten. Er legt ihm die Hand auf die Schulter. »Du bist ein tapferer Junge!«, sagt er, und Hermann begreift, dass er damit etwas ganz anderes meint, als sie im Jungvolk mit Tapferkeit gemeint haben. »Hier sind noch mal Zigaretten für Fiete. Und grüß ihn von mir.«

Dann zuckt er zusammen. »Oder soll ich noch mal …?«, fragt er.

Hermann schüttelt heftig den Kopf. »Das mach ich schon.«

Als Ludwig die Straße hinunter verschwindet, winkt er ihm nach. Die Amis waren der Feind. Aber in Amerika gibt es immer genug zu essen.

HERMANN

Hermann sieht dem Amerikaner nach. In der Hand hält er eine Packung Lucky Strike, aber jetzt kann er sie nicht nach oben bringen.

Amerika! Er könnte nach Amerika!

Sein Herz schlägt schneller, er muss sich setzen. Die Amis, das waren die Feinde. Das sind die Feinde!, verstehen doch nichts, keine Ehre im Leib, alles Cowboys. Aber in Amerika gibt es immer zu essen.

Sein Magen krampft sich zusammen. Und die Mutter könnte er dann vielleicht nachholen. Könnte einen Beruf lernen, eine Arbeit finden, viel Geld verdienen. In Amerika sind sie doch alle reich! Dann könnte sie nachkommen.

Er erschrickt. Aber der Vater. Was sollte der Vater wohl in Amerika? Und würden sie ihn überhaupt in ihr Land lassen, einen Krüppel ohne Beine?

Ohne den Vater würde auch die Mutter nicht gehen.

Aber ich!, denkt Hermann plötzlich. Aber ich!

Vor sich sieht er Wolkenkratzer, schnelle Autos, Prärie, Indianer. Vor sich sieht er ein weites Land voller Möglichkeiten, ein Leben voller Abenteuer, voller Schüsseln, in denen sich das gebratene Fleisch stapelt.

Und wenn die Eltern nicht nachkommen können, kann er ihnen doch Pakete schicken! Dosen mit Fleisch, Trockenfrüchte, echten Bohnenkaffee, Schokolade, Zigaretten, Seife. Warme Winterkleidung! Es würde ihnen doch allen besser gehen, ihm bei den Amis und den Eltern in Hamburg. Nein, er muss gehen. Er will gehen! Angst hat er nicht. Hermann hat sich noch nie vor etwas gedrückt.

Jetzt rast sein Herz richtig. Nun dauert es ein paar Wochen, bis der Amerikaner zurückkommt, um alles zu besprechen. Warum war die Mutter eben auch nicht da! Und was ist, wenn Ludwig gar nicht wiederkommt? Wenn alles nur Gerede war? Wenn er es sich anders überlegt, sobald er wieder in seiner amerikanischen Zone ist? Was ist, wenn er Hermann vergisst? Sie wissen ja nicht mal, wie sie ihm schreiben können. »Lieber Ludwig, wir sind einverstanden. Teile uns bitte mit, was wir tun müssen, damit Hermann dich in die USA begleiten kann, und was er braucht. Mit deutschem Gruß« – nein: »Mit herzlichen Grüßen!, Ursel und Fiete.« Aber sie haben keine Adresse.

Und dann wird es ihm plötzlich bewusst, und er spürt den Zorn aufsteigen, den Zorn und mit ihm die Verzweiflung. Es war unsinnig, es sich überhaupt vorzustellen. Oben auf dem Küchensofa sitzt der Vater und muss ins Zwischengeschoss getragen werden. Wer sollte das wohl tun, wenn Hermann bei den Amis ist? Er hätte gar nicht erst darüber nachdenken sollen. Er wird ja doch hierbleiben müssen, für immer. Für immer, für immer, für immer! Für Hermann gibt es kein Amerika, der Vater hat seine Beine verloren und er seine Zukunft.

Er schlägt mit der Faust auf einen Ziegelsteinbrocken und schreit auf vor Schmerz.

Kein Jammerlappen sein, zäh wie Leder, hart wie Kruppstahl. Ein deutscher Junge weint nicht, ein deutscher Junge jammert nicht. Und die Amis sind sowieso der Feind.

Dann sieht er den Jungen von gestern.

JAKOB

Jakob entdeckt den großen Jungen sofort, da muss er gar nicht erst in den Ruinen nach den Kindern suchen. Er lehnt an der Mauer eines der wenigen Häuser, die noch stehen, und dreht eine Zigarettenschachtel zwischen den Fingern. Dürfen sie beim Jungvolk rauchen? Ein deutsches Mädel raucht nicht, trinkt nicht, schminkt sich nicht. Schminken wollen die deutschen Jungs sich wohl sowieso nicht. Aber rauchen? Jetzt steckt er die Schachtel in die Brusttasche seines Uniformhemds.

Genau der hat ihm gestern seine Brosche abgenommen. Der hat ihn auf den Boden geworfen. Vor dem ist er weggerannt. Trotzdem. Allein kann niemand überleben, das weiß er doch inzwischen.

»Heil Hitler!«, sagt Jakob und hebt den rechten Arm. Er wundert sich, wie leicht es ihm fällt und wie fest seine Stimme ist. Noch niemals vorher hat er »Heil Hitler!« gesagt, auch nicht »Sieg Heil!«, das hätte er ja auch gar nicht gedurft. Der deutsche Gruß ist nur für Deutsche. Juden ist er verboten.

Der Junge starrt ihn an und kneift die Augen zusammen. »Was?«, sagt er böse und kommt einen Schritt auf Jakob zu. »Idiot!«

Er grüßt nicht zurück! Ein Hitlerjunge, der den deutschen Gruß nicht beantwortet! Hat er jetzt also doch begriffen, dass Jakob einer ist, der den Arm gar nicht ausstrecken darf? Oder ist das ein Zeichen? Wer nicht »Heil Hitler« sagt, verweigert dem Führer seine Gefolgschaft. Wer nicht »Heil Hitler« sagt, wird bestraft.

»Was?«, sagt der Junge wieder.

Jakob holt tief Luft. »Wegen gestern!«, sagt er. »Ich wollte nur …«

»Ich weiß, was du wolltest!«, sagt der Junge und für eine Sekunde krampft sich Jakobs Herz zusammen. »Schon vergessen? Ich hab's gesehen! Du wolltest die Frau beklauen!

Wieso traust du dich noch hierher?« Er macht einen weiteren Schritt auf Jakob zu und ballt die Hände zu Fäusten.

»Bitte!«, sagt Jakob. »Nein, ehrlich, bitte! Ich hab so furchtbaren Hunger, deshalb wollte ich das tun! Bitte!« Der Junge bleibt stehen. »Ich hab doch erzählt, dass wir ausgebombt sind! Nicht in Eilbek, in der Stadt!« Er zeigt über seine Schulter in Richtung Innenstadt. Nicht dass der Junge noch fragt, warum er ihn denn früher hier niemals gesehen hat. Und kein Mensch würde ihm doch außerdem glauben, dass er schon die zwei Jahre seit dem Bombenangriff auf den Stadtteil allein in den Ruinen lebt! Aber der letzte Angriff auf die Innenstadt, der Tagangriff, nach dem Herr Hofmann ihn hergebracht hat: Das geht. »Und ich hab keine Marken mehr! Ich …«

»Und?«, sagt der Junge. Immer noch unfreundlich. »Andere sind auch ausgebombt, oder? Vielleicht mal umgucken? Hast du dich nicht bei den Tommys gemeldet?«

Da ist es.

Jakob schüttelt den Kopf. »Ich war so durcheinander«, flüstert er. Jetzt nichts Falsches sagen. »Ich konnte gar nicht denken! Das war ja nicht hier, das war doch erst vor ein paar Wochen, und als ich meine Mutter da gesehen habe …« Er muss sich gar nicht bemühen. Der Schluchzer kommt von allein. Nein, unter Trümmern hat er sie nicht gesehen. Aber es genügt schon, an sie zu denken, mit ihrem Koffer in der Hand.

Der Junge lässt seine Fäuste sinken. »Scheiße!«, sagt er. Natürlich, er denkt sich ein anderes Bild. Ist etwa Mitleid in seiner Stimme? »Da bist du weggerannt? Und hast dich hier irgendwo einquartiert? Damit du das nicht mehr sehen musst?«

Jakob nickt. Sprechen kann er nicht.

Dann holt er tief Luft. Er greift in seine Hosentasche und zieht die Kette heraus. »Ich dachte, vielleicht kann ich damit …«, flüstert er. »Irgendwo? Ohne Marken?«

Der andere streckt gierig die Hand aus. »Auf dem Land ist das kein Problem!«, sagt er. »Machen doch jetzt alle, zu den Bauern! Aber erst mal hinkommen!« Er nimmt die Kette, sieht sie an, gibt sie Jakob zurück. »Höchstens auf dem Schwarzen Markt«, sagt er. »Da wirst du sie los. Aber was du dafür kriegst …« Er zuckt die Achseln. »Quittengelee!«, sagt er dann, und Jakob versteht nicht, warum er plötzlich lacht. »Ja, geh mal hin.«

»Auf den Schwarzen Markt?«, fragt Jakob.

»Hansaplatz!«, sagt der Junge. »Noch nie gehört? Da tauschen sie alles!«

Jakob starrt ihn an. »Und das ist erlaubt?«, fragt er.

Jetzt sieht der Junge ihn an, als käme er von einem anderen Stern. »Natürlich nicht!«, sagt er. »Du musst eben vorsichtig sein, dass sie dich nicht erwischen!«

Das muss ich doch sowieso, denkt Jakob. Schon immer.

Aber dass einer in Jungvolk-Uniform ihm so was Verbotenes vorschlägt! Vielleicht muss Jakob wirklich keine Angst vor ihm haben. Zuerst kein deutscher Gruß, und nun das.

Der Junge legt kurz seinen Kopf in den Nacken und sieht hoch an der Fassade des Hauses, als ob er überlegt, ob er nach oben gehen soll. Dann dreht er sich wieder zu Jakob.

»Wenn du mich beteiligst, komm ich mit«, sagt er. Er hält Jakob seine Hand hin. »Hermann!«

Jakob nimmt die Hand und schüttelt sie. »Friedrich!«, sagt er. Fast hätte er sich verraten. Zusammen mit einem in Uniform ist er noch sicherer. Da schützen ihn nicht mehr nur seine blonden Haare.

JAKOB

Sie gehen, ohne zu sprechen. Jakob wagt kaum, sich umzusehen. Wann ist er zuletzt durch die Straßen gelaufen? Das war in der Nacht, als er mit Herrn Hofmann unterwegs war. Nur zwei Tage nach dem letzten Bombenangriff war das, als der alte Mann Jakob weggebracht hat, weil die Hexe nebenan Verdacht geschöpft hatte. Aber wann zuletzt am Tag? Im Februarregen. An dem Tag, als seine Mutter zum Logenhaus aufgebrochen ist.

Nicht daran denken. Jetzt ist Sommer.

»Wusste man gar nicht mehr, wie das hier aussieht, oder?«, sagt Hermann, als sie an die Alster kommen. Jakob überlegt, was er meint. »Die Attrappen!«, sagt Hermann. »Ich konnte mich überhaupt nicht mehr erinnern, wie das war, vorher, als man das Wasser noch sehen konnte. Scheiß Tommys.«

Jakob überlegt, was er dazu sagen soll. »Ja, scheiß Tommys!«, sagt er auch und denkt an die Nacht am Fenster, als er das Feuer über der Stadt gesehen hat. Das waren sie, die Engländer. Scheiß Tommys.

Es sind nicht viele Menschen unterwegs. Mit jedem Schritt fühlt er sich sicherer.

»Und dass die jetzt hier bestimmen dürfen!«, sagt Hermann. »Erst alles in Grund und Boden bomben und sich dann aufführen wie Graf Koks!«

»Wie?«, fragt Jakob. Er versteht nicht.

»Schnappen sich unsere Mädchen!«, sagt Hermann, als hätte er ihn gar nicht gehört. Im Weitergehen kickt er einen Stein vor sich her. »Und die albernen Uniformen! Und haben natürlich immer genug zu essen und Zigaretten …«

»Wie?«, fragt Jakob wieder. Wovon redet dieser Hermann?

In diesem Augenblick kommt der Wagen, kommt ihnen entgegen, und Jakob springt zur Seite. Soldaten! Sein Herz setzt einen Schlag aus. Aber der Wagen fährt einfach vorbei. Eine nicht zu Ende gerauchte Zigarette wird lässig auf die Straße geschnipst, Hermann rennt hin, sammelt sie auf.

Und Jakob erstarrt. Das ist kein deutscher Kübelwagen, und die Soldaten darin tragen keine Wehrmachtsuniform.

»Scheiß Tommys!«, sagt Hermann wieder und spuckt aus. Aber erst, als die Soldaten ihn nicht mehr sehen.

Jakob erstarrt. Er merkt, wie in ihm eine Übelkeit aufsteigt, alles schwankt, er will nicht ohnmächtig werden. Er setzt sich auf den Boden. Scheiß Tommys.

»Friedrich?«, sagt Hermann erschrocken.

»Das waren Engländer!«, flüstert Jakob. »Wieso …« Die Welt schwankt weiter. Er versucht, tief zu atmen.

»Klar waren das Engländer!«, sagt Hermann. »Sag ich doch! Wie Graf Koks! Müssen uns immer wieder zeigen, wer der Sieger ist!«

Dann wird alles schwarz.

JAKOB

Als Jakob wieder zu sich kommt, schwebt über ihm ein Gesicht, das er nicht kennt. Dann erinnert er sich.

»Alles in Ordnung?«, fragt Hermann. »Alles in Ordnung, Friedrich?«

Jakob versucht sich aufzusetzen. Es geht. Die Welt steht wieder still.

»Dass du so einen Hunger hast, konnte ich doch nicht ahnen!«, sagt Hermann. »Wie lange hattest du denn schon nichts mehr zu essen?« Er reicht Jakob seine Hand und hilft ihm auf. »Keine Sorge, wir sind gleich da! Dann geht es wieder besser!«

Jakob nickt. Er wundert sich, dass alles noch genauso aussieht wie vorher. Das Wasser der Alster. Die Ruinen. Die Kirchtürme, einer schwarz und ausgebrannt. Und trotzdem ist auf einmal alles anders.

Die Engländer sind in der Stadt! Die Engländer sind die Sieger, das hat Hermann doch gesagt, sie bestimmen alles, der Krieg ist vorbei.

Und wenn der Krieg wirklich vorbei ist ...

»Ist der Krieg vorbei?«, flüstert Jakob.

Im selben Augenblick weiß er, wie das klingen muss. Was denkt Hermann jetzt von ihm? Aber das ist auch gleichgültig.

Hermann bleibt mit einem Ruck stehen. »Kamerad!«, sagt er und starrt Jakob an. »Wo hast du denn gelebt?«

Dann begreift er vielleicht. »Hast du das nicht mitgekriegt? Das kann doch gar nicht sein! Nicht mal in den Ruinen!« Aber dann versteht er wohl, dass das natürlich sein kann. Wer niemals unter Menschen ist, erfährt auch nichts. Und woran hätte Jakob es denn merken sollen?

»Wie lange schon?«, fragt Jakob.

»3. Mai war Kapitulation!«, sagt Hermann. Er spuckt wieder aus. »Der Gauleiter ist ein Verräter.«

So lange schon! Man sieht doch, dass es längst Sommer ist.

Und dann kommen die Zweifel. Er muss vorsichtig sein! Der Gauleiter hat kapituliert, der Gauleiter, nicht der Führer. »Also nur in Hamburg?«, fragt Jakob vorsichtig. Vielleicht ist das Reich immer noch im Krieg! Dann muss er sich weiter verstecken.

»Friedrich, wirklich!«, sagt Hermann. »Wir sind besetzt! Das ganze Reich! Es ist eine Schande!«

Jakob nickt. Er unterdrückt den Jubel, der in ihm aufsteigen will. Der Krieg ist zu Ende! Was bedeutet das für ihn? Muss er keine Angst mehr haben? Haben die Sieger nun also all die Gesetze gegen die Juden aufgehoben? Aber es gibt ja sowieso keine Juden mehr in Hamburg. Die letzten haben sie doch im Februar nach Theresienstadt geschickt. Da müssen gar keine Gesetze mehr aufgehoben werden. Für wen denn.

Für mich!, denkt Jakob. Für mich! Bin ich jetzt sicher?

»Da sind wir!«, sagt Hermann.

Dann gehen sie gemeinsam über den Platz, auf dem die Menschen ziellos aneinander vorbeischlendern, bewacht von der Statue der Hammonia, der Schutzgöttin der Stadt, und Hermann murmelt immer wieder leise sein Angebot und lässt die Kette in seiner Hand aufblitzen. Ab und zu wirft er auch Jakob einen fragenden Blick zu.

Jakob geht neben ihm wie in Trance. Er folgt Hermann in eine Seitenstraße, eine Frau lässt die Kette in ihrer Jacke verschwinden, die Kette zum taubenblauen Kleid, reicht ihnen dafür unauffällig sechs Weckgläser. Zweimal Bohnen. Zweimal Kürbis. Zweimal Erbsen. Wie sollen sie die alle tragen ohne Tasche?

»Friedrich?«, sagt Hermann. »Ist dir immer noch nicht gut?«

Jakob schüttelt den Kopf. Hermann zieht ihn in eine Nische zwischen den Trümmern und reißt ein Verschlussgummi auf. »Iss mal!«, sagt er. »Dann haben wir auch weniger zu schleppen.«

Mit den Händen greifen sie in die große Öffnung des Weckglases und schaufeln mit den Fingern die Erbsen aus der Flüssigkeit, stopfen sie sich in den Mund. Zuerst nur Jakob, dann, ohne zu fragen, auch Hermann, der sich ab und zu umsieht, als hätte er Angst vor einer Razzia. Nach den Erbsen kommen die Bohnen, dann Kürbis. Niemals hat Jakob etwas so Gutes gegessen. Sie ziehen ihre Hemden aus und verknoten die Gläser darin wie in einem Beutel, drei leere, drei volle. So können sie sie zurücktragen.

»Ist es jetzt besser?«, fragt Hermann.

Jakob nickt und steht auf. Er muss keine Angst mehr haben. Es ist vorbei.

HERMANN

Hermann hat nicht gedrängt, dass Friedrich ihm auch von den letzten drei Gläsern etwas abgeben soll. Die ersten drei haben sie gerecht geteilt, das war sein Anteil, weil er ihm den Weg gezeigt hat. Aber die Kette hat schließlich Friedrich gehört. Dass der so überhaupt nichts wusste!

Auf dem Rückweg ist Hermann wieder der Amerikaner eingefallen, die ganze Zeit auf dem Schwarzen Markt hatte er ihn vergessen. Jetzt ist er plötzlich wieder da und mit ihm die Verzweiflung.

»Vielen Dank, dass du mir geholfen hast!«, ruft Friedrich über die Schulter, als er zwischen den Ruinen verschwindet. »Hörst du, Hermann? Vielen Dank!«

Jaja, vielen Dank!, denkt Hermann und steigt langsam die Treppe nach oben. Gerne geschehen! Der war ja schon fast verhungert. Da fragt man sich doch, wie der das die ganzen Wochen hier ausgehalten hat, wenn er sich nichts zu essen kaufen konnte. Muss ich ihn fragen, wenn ich ihn mal wieder sehe.

In der Wohnung schlägt ihm der Geruch entgegen, eine Mischung aus Qualm und dem anderen. Bestimmt hat es mit der Flasche wieder nicht richtig geklappt. Hermann war schließlich nicht da. Aber die Mutter schreit ihn nicht an.

»Hermann!«, sagt sie. Bei ihrem Anblick zuckt er zusammen: die kurz geschnittenen Haare. Der Arbeitsanzug. Daran hat er den Tag über gar nicht mehr gedacht. »Stell dir vor, sie wollen mich nehmen!« Sie lacht so glücklich, wie er sie schon lange nicht mehr hat lachen sehen. »Sie haben mir zwei Jeeps gegeben, zuerst musste ich rauskriegen, was mit denen los war, dann sollte ich sie reparieren. War nichts Dolles! Einmal der Vergaser. Und einmal die Zündkerzen, wirklich! Und es war so schön, mal wieder in einer Werkstatt zu stehen.«

Der Vater starrt sie böse an. »Für andere wäre das auch schön!«, sagt er.

Aber die Mutter hat längst gelernt, so zu tun, als hätte er nichts gesagt. »Und die Papiere waren auch in Ordnung. Natürlich! Waren ja nicht gefälscht!«

»Nein!«, ruft der Vater. »Gefälscht waren die nicht, hart erarbeitet ist der Meisterbrief! Aber nicht von dir! Nicht von dir!« Und er schlägt sich auf die Oberschenkel, als wollte er sie daran erinnern, wer den Meisterbrief hart erarbeitet hat und warum er ihm jetzt nichts mehr nützt.

»Man geht nicht mal eine ganze Stunde dahin!«, sagt die Mutter, wieder als hätte sie ihn nicht gehört. »Und irgendwann – wer weiß? – fahren vielleicht auch wieder die Straßenbahnen! Wenn die Trümmer weggeräumt sind? Wenn sie die Schienen reparieren?« Sie winkt ab. »Aber ist auch gar nicht nötig. So ein kurzer Weg! Als wäre es Fügung, weißt du, Hermann? Schicksal! Dass ich den Rudi getroffen habe. Dass die Werkstatt so nahe liegt. Nun ist uns doch endlich auch mal was Gutes zugestoßen, was?«

Wenn der Vater aufspringen könnte, er würde sie schlagen, denkt Hermann. So viel Wut in seinen Augen. Vielleicht sogar Hass.

»Aber sie haben nach meiner Kennkarte gefragt«, sagt die Mutter. »Weil die ein Foto hat, natürlich. Als ob sie vielleicht einen Verdacht geschöpft hätten! Einer hat gefragt, ob ich wirklich schon einundvierzig bin. ›You look younger!‹, hat er gesagt. Das hab ich verstanden.« Sie seufzt. »Ich hab gesagt, dass sie verbrannt ist. ›Fire!‹, hab ich gesagt. ›Bombs!‹« Sie sieht stolz aus.

»Das vergessen sie auch wieder«, sagt sie und steht auf, um das Brot aus der Speisekammer zu holen. »Wenn ich gut arbeite, interessiert meine Kennkarte sie schon in ein paar Tagen nicht mehr, wollen wir wetten? Wer hätte gedacht, dass ich mich mal mit dem Feind gemeinmache, was? Aber wenn es uns hilft! Die waren ganz nett, muss ich sagen.«

Und sie stellt Teller auf den Tisch. Die wenige Margarine ist längst gegessen, über das Stück Käse konnte man sowieso nur lachen. Aber wenn man Hunger hat, schmeckt das Brot auch so. Und Hermann hatte außerdem schon Erbsen und Bohnen und Kürbis.

»Sollt ihr mal sehen, ab heute geht es uns besser!«, sagt die Mutter und schneidet drei Scheiben ab. Die dünnste nimmt sie sich selbst.

»Könnte uns noch besser gehen!«, murmelt Hermann. Warum sagt er das jetzt? Er wollte nicht davon anfangen, von Amerika. Es ändert ja doch nichts. Der Vater wird nur noch wütender werden, wenn Hermann von Ludwigs Vorschlag erzählt. Und am Ende muss er doch bleiben.

Er greift in seine Tasche, zieht die Lucky Strikes heraus und wedelt mit der Schachtel aufreizend vor den Augen des Vaters. »Da!«, sagt er. Dann beißt er in sein Brot.

»Woher sind die?«, fragt die Mutter misstrauisch. »Willst du mir weismachen, dass wieder jemand auf der Straße seinen Schmuck verloren hat?« Sie richtet sich auf.

Hermann beißt noch einmal ab und kaut, bevor er antwortet. »Der Amerikaner war da«, sagt er in einem gelangweilten Ton.

»Ludwig? Und was wollte er?«, fragt die Mutter verblüfft. »Nur die Zigaretten vorbeibringen?«

Jetzt wäre die Gelegenheit. Aber wozu. Hermann nickt. »Nur die Zigaretten vorbeibringen«, sagt er.

Die Mutter sieht aus, als ob sie ihm nicht glaubt, da kann er ihr auch nicht helfen. Er hat beschlossen, nicht darüber zu sprechen. Und als er in die gierigen Augen des Vaters blickt, der sich so weit über den Tisch beugt, wie es ihm möglich ist, um nach den Zigaretten zu greifen, spürt Hermann, wie auch in ihm ein unendlicher Zorn aufsteigt.

»Gib her!«, sagt der Vater. Mit einer Hand hält er sich an der Tischkante fest, die andere streckt er Hermann herrisch entgegen.

Hermann schleudert die Zigaretten über den Tisch, sodass die Schachtel neben dem Sofa auf den Boden fällt. »Oh, wie schade!«, sagt Hermann. »Da kommst du nicht dran, oder? Schade, schade! Aber ich muss erst mal mein Brot zu Ende essen!« Und er starrt den Vater so kampflustig an, wie er das bisher noch niemals gewagt hat.

»Hermann!«, sagt die Mutter. Sie beugt sich nach unten und hebt die Zigaretten auf. »Da, Fiete!«, sagt sie. »Nachschub!«

Hermann schiebt seinen Stuhl mit den Kniekehlen vom Tisch und steht auf. »Ich geh noch mal runter!«, sagt er.

Er sieht, dass die Mutter verwirrt ist. Dass sie seine plötzliche Wut nicht versteht. Muss sie ja auch nicht.

»Vorher solltest du deinen Vater noch mal nach unten bringen!«, sagt sie.

Da ist es wieder. Er wird nie nach Amerika kommen.

JAKOB

Mitten in der Nacht ist Jakob in seinem Wigwam aufgewacht und konnte nicht wieder einschlafen. Er ist ans Fenster getreten und hat nach draußen gesehen. Dass es keine Verdunklung mehr gibt, ist im Grau der hellen Sommernächte nicht zu erkennen. Vielleicht hätte er sonst schon früher etwas bemerkt?

Meine Stadt, denkt Jakob und sieht über die Trümmer. Ist das nun wieder meine Stadt?

Dann durchzuckt ihn ein Gedanke, kurz, schmerzhaft, und beinahe schämt er sich, dass er ihn jetzt erst mit dieser Heftigkeit überfällt. Die Mutter! Seine Stadt kann Hamburg nun wieder werden, aber ihre niemals mehr. Er will nicht weinen.

Warum musste sie noch nach Theresienstadt, so kurz vor dem Ende? Waren doch wirklich nur noch ein paar Wochen! Ein paar Wochen länger, und sie könnte noch leben. So unsinnig alles. So grausam. Vielleicht wird Hamburg doch nie mehr seine Stadt.

Er denkt an Heinrich, er denkt an Palästina. Nur nichts überstürzen, einen Schritt nach dem anderen tun. Er lebt, er ist nicht mehr in Gefahr. Er kann sich Zeit lassen mit allem, auch mit Entscheidungen. Er ist nicht mehr in Gefahr.

Der Mond steht hoch am Himmel, zwischen den Wolken ein paar Sterne. Kein Alarm mehr, bei dem er nicht in den

Keller gehen kann, in den Bunker. Niemals mehr, keine Angst mehr auch davor. Das alles muss er erst begreifen. Wirklich glauben können. Waren doch so viele Jahre und auf einmal ist alles anders.

Er überlegt, ob er noch eins von seinen Gläsern öffnen soll, jetzt, mitten in der Nacht. Aber sein Hunger ist noch nicht so groß, dass er ihn nicht aushalten könnte. Und in den nächsten Tagen wird er sich Marken besorgen, Marken wie alle. Er muss nur herausfinden, woher er sie bekommt.

Herr Hofmann!, denkt Jakob. Der muss es doch wissen. Und der hilft mir bestimmt, auch wenn er in der letzten Zeit nicht mehr gekommen ist. Er muss zu Herrn Hofmann gehen, so weit ist es ja nicht. Am helllichten Tag und ohne jede Angst.

Und vorher darf er noch einmal einschlafen. Ohne jede Angst.

Mittwoch, 27.6.1945

TRAUTE

Als Traute im Nachthemd mit Waschlappen und Handtuch auf den Flur tritt, huscht Frau Makuleit zurück in ihr Zimmer. Sie tut, als hätte sie Traute nicht bemerkt. Tun sie ja alle in dieser Wohnung, wenn sie sehen, wie einer in die Küche geht, mit Handtuch, vielleicht mit Seife. Sie haben es nicht abgesprochen, aber es ist doch, als gäbe es ein stilles Abkommen. Morgens, wenn sich einer nach dem anderen am Küchenausguss wäscht, ziehen sich die anderen stillschweigend zurück.

Traute dreht den Wasserhahn auf, wie gut, dass die Wasserleitung zu ihrem Haus wiederhergestellt ist. Das war nicht schön, als sie nach den Bombennächten immer zum Hydranten gehen mussten. Aber jetzt ist alles wieder normal.

Zahncreme hat sie nicht, aber die Zähne putzen kann sie trotzdem. Die Borsten ihrer Zahnbürste sind schon ganz verbogen. Bis es wieder Zahnbürsten gibt, wird sie wohl noch warten müssen.

Aus dem Zimmer der Makuleits kommt schon wieder Gebrüll. »Meine!«, brüllt Eva. »Meine!«

Traute nimmt den Waschlappen und zieht ihn einmal über die Seife. Sparsam sein. Dann wäscht sie sich das Gesicht, unter den Armen, zwischen den Beinen. Vielleicht macht die Mutter am Sonnabend wieder Wasser heiß, dann kann sie sich in der Waschwanne, in der die Mutter sonst die Wäsche rubbelt und jetzt auch Frau Makuleit, so richtig einweichen. Traute passt fast nicht mehr hinein.

»Meine!«, brüllt Eva immer noch, und Martha kreischt, es ist nicht auszuhalten. Kann Frau Makuleit denn nicht dafür sorgen, dass ihre Kinder still sind? Und wozu haben sie überhaupt die Großmutter dabei?

Traute nimmt das Handtuch und trocknet sich ab. Wenn sie geahnt hätte, dass die Mädchen sich so über Anton streiten würden, sie hätte Martha die Puppe nicht geschenkt.

Traute seufzt. Ich hab ja auch noch Anita, denkt sie. Und wozu brauch ich die eigentlich. Adolf kriegt doch seine kleine Schwester nicht zurück, wenn ich meine Anita nur gut hüte. So was ist Aberglaube.

Auf dem Weg zurück ins Schlafzimmer beschließt sie, als Erstes Anita aus ihrem Versteck zu holen, wenn sie nachher nach draußen darf. Dann herrscht vielleicht endlich mal Ruhe.

HERMANN

Fast hat Hermann gehofft, dass er Friedrich heute wieder trifft, auch wenn der so sonderbar ist. Hat nicht gemerkt, dass der Krieg vorbei ist! Wie kann das denn sein?

Aber war eigentlich gar nicht so übel, sonst. Und ist so alt wie er, ungefähr, kein Säugling wie Max und Adolf, kein Weib wie Traute.

Dann sieht er ihn. Friedrich kommt über das Trümmerfeld, und er winkt schon von Weitem, als er Hermann entdeckt.

»Noch mal danke, dass du mir den Schwarzen Markt gezeigt hast!«, sagt er, anstatt zu grüßen. Gestern hat er noch mit dem deutschen Gruß gegrüßt, denkt Hermann. Da hätte mir ja schon etwas auffallen können. Wie man jetzt grüßen soll, weiß niemand so genau. Die Amerikaner sagen »Hi« und die Tommys »How do you do?«. Aber eigentlich grüßen die Tommys doch sowieso keine Deutschen, Fraternisierungsverbot, und tun, als existierten wir nicht.

»Willst du heute noch mal hin?«, fragt Hermann. »Hast du noch Schmuck?« Dann geht er wieder mit. Wer weiß, was es auf dem Platz vielleicht heute an Essen einzutauschen gibt.

Friedrich schüttelt den Kopf. »Schmuck hab ich noch!«, sagt er. »Aber erst mal muss ich was anderes erledigen. Ich muss zu einem – früheren Nachbarn.«

»Nachbarn?«, sagt Hermann. »Ich denk, ihr seid ausgebombt? Der nicht?«

Er sieht, dass Friedrich ungeduldig wird. »Nee, der nicht!«, sagt er. »Nachbar ist auch nicht das richtige Wort. Eher ein Freund? Ich will jedenfalls sehen, wie es dem geht.«

Hermann nickt. Er hat doch sonst nichts zu tun. »Ich komm mit!«, sagt er.

Friedrich wirft ihm einen Blick zu. »Da gibt es aber nichts Besonderes!«, sagt er. »Lohnt sich nicht für dich!« Dann geht er schon los.

Warum stellt der sich so an?, denkt Hermann. Warum will der nicht, dass ich mitkomme?

»Hier nur so rumlungern lohnt sich auch nicht für mich!«, sagt er.

Friedrich zuckt im Gehen die Schultern. »Wenn du unbedingt willst!«, sagt er. Es klingt unfreundlich.

»Was willst du jetzt überhaupt machen?«, fragt Hermann, als hätte er das nicht bemerkt. »Wo deine Eltern doch tot sind? Glaubst du, dass der Freund dich aufnimmt? Willst du deshalb dahin?«

Er sieht, wie Friedrich zusammenzuckt, als er »Wo deine Eltern doch tot sind« sagt. Aber das ist ja nun mal so. Lohnt nicht, drum herum zu reden.

»Vielleicht«, sagt Friedrich.

Allmählich werden Trümmer und Ruinen weniger, manchmal stehen noch ganze Straßenzüge.

»Ich könnte ...«, sagt Hermann. Vielleicht redet Friedrich mehr mit ihm, wenn Hermann ihm auch von sich erzählt? Aber es kann sein, dass das auch gar nicht der Grund dafür ist, warum er erzählen will. Seit gestern ist er so voll von Ludwigs Vorschlag und kann mit niemandem darüber sprechen. »Ich könnte nach Amerika.«

»Nach Amerika?«, fragt Friedrich verblüfft. »Warum?«

»Weil es hier keine Zukunft mehr gibt!«, sagt Hermann und macht eine weit ausladende Bewegung mit dem Arm. »Guck dich doch mal um! Und ein Verwandter von mir ist bei der US-Army, Dolmetscher. Und der würde mich mitnehmen.«

Friedrich nickt nachdenklich. »Ich überleg auch, ob ich auswandern soll«, sagt er.

Hermann bleibt stehen. »Nach Amerika?«, sagt er. »Das geht nicht so einfach, du.«

»Ich weiß«, sagt Friedrich. »Nee, vielleicht nicht nach Amerika. Ich überleg noch.«

Wohin denn sonst?, denkt Hermann. Gibt ja wohl kein anderes Land, das lohnt. »Ich kann aber trotzdem nicht!«, sagt er. Auf einmal weiß er, dass es eigentlich das ist, worüber er sprechen muss. Nicht, dass er nach Amerika ziehen könnte. Sondern warum das nicht möglich ist. Das ist es ja, woran er immer wieder denken muss und was er nicht aushält.

»Es ist wegen meinem Vater«, sagt er. Jetzt sind sie am Kanal, die Brücke steht noch. Hat er die Bilder selbst gesehen, als sie aus dem Keller gekommen sind nach dem Angriff vor zwei Jahren, oder hat die Mutter ihm davon erzählt? Auf einmal ist Hermann sich nicht mehr sicher. Dass sie brüllend auf dem Kanal getrieben sind, die Menschen, glühende Fackeln? Dass sie ins Wasser gesprungen sind, als sie angefangen haben zu brennen, brüllend? Er will nicht daran erinnert werden. Es ist alles schon schwierig genug. »Und das wird immer so weitergehen!«, sagt er. »Das ist niemals zu Ende, das ist für immer! Und ich kann niemals weggehen, das ist die Wahrheit. Niemals.« Er kickt einen Mauerbrocken, wütend, zu heftig, er unterdrückt ein Aufjaulen. »Niemals!«, sagt er. »Kannst du dir vorstellen, wie das ist? Ich hasse ihn!«

JAKOB

Warum muss dieser Hermann denn unbedingt mitgehen, ausgerechnet zu Herrn Hofmann! Von Herrn Hofmann wird er doch alles erfahren; und das will Jakob nicht.

Und warum will ich das nicht?, denkt Jakob verblüfft. Warum soll er nicht wissen, dass mein Vater nicht vor Stalingrad gefallen ist, sondern bei der Organisation Todt, wehrunwürdig wegen Rassenschande? Und dass meine Mutter nicht irgendwo unter Trümmern begraben liegt, sondern in Theresienstadt ist, in Theresienstadt *war* oder wer weiß wo, ohne Wiederkehr? Dass ich nicht deutschblütig bin, trotz meiner Haare nicht, sondern Mischling ersten Grades, der nicht zum Jungvolk durfte und nicht zur Schule und mit dem deutschen Gruß grüßen auch nicht? Dass ich mich versteckt habe, weil niemand wissen konnte, ob nicht auch ich noch einen Brief bekommen würde? Ich muss doch keine Angst mehr haben, jetzt!

Aber natürlich ist Jakob klar, warum er nicht will, dass Hermann all das von ihm weiß. Er hat doch gehört, wie der andere, der mit gesenktem Kopf neben ihm hergeht, über die Engländer gesprochen hat. In Hermanns Kopf ist der Krieg noch nicht wirklich vorbei, nicht der Krieg und nicht die Jahre davor, wie sollte diese Welt denn auch so schnell daraus verschwinden! Was so lange Wahrheit war, wird nicht auf einen Schlag Lüge. Wer die Engländer als Feind gekannt hat, sechs Jahre lang, für den sind sie auch immer noch der Feind; und wer genau wusste, dass Juden Untermenschen sind, jahrelang, weil er es täglich in der Schule so gehört hat, in Filmen gesehen und in der Zeitung gelesen: Wie soll der auf einmal anders denken können? Bestimmt nicht von jetzt auf gleich. Für Hermann, Hitlerjunge noch immer in Uniform, wäre Jakob ganz sicher trotzdem noch ein Itzig, Jud Süß, einer, der ins Lager gehört. Auf Nimmerwiedersehen. Und das hält Jakob gerade nicht aus. So vieles muss er gerade bedenken, dann bitte nicht auch noch das. Einfach für eine Weile so tun, als wäre er einer wie alle. Vielleicht später.

»Nach Amerika?«, sagt Hermann gerade. »Das geht nicht so einfach, du.«

Als ob Jakob das nicht wüsste! Wäre es einfach gewesen, nach Amerika zu kommen, würden sie wohl beide noch leben, der Vater und die Mutter auch. Wenn es ein Visum gegeben hätte. Sie haben es doch versucht. Amerika lässt so leicht niemanden ins Land, das hat Jakob doch erfahren.

»Ich weiß«, sagt Jakob. »Nee, vielleicht nicht nach Amerika. Ich überleg noch.«

»Es ist wegen meinem Vater!«, sagt Hermann, und Jakob versteht im ersten Augenblick nicht, was er damit meint. Aber Hermann redet schon weiter.

»Er hat keine Beine mehr, weißt du, haben sie ihm weggeschossen. Alle beide, großer Mist. Er sitzt den ganzen Tag auf dem Küchensofa und brüllt rum. Und er kommt doch nirgendwohin! Nicht mal zum ... Nicht mal zu Tante Meier. Wenn er irgendwo hinwill, muss ich ihn schleppen. Darum kann ich nicht weg. Meine Mutter muss arbeiten, und wer sollte sich denn sonst um ihn kümmern?«

»Keine Beine!«, sagt Jakob. Das ist schrecklich. Er fragt sich, was wohl aus dem Enkel von Herrn Hofmann geworden ist, dem auf dem Foto in der Küche, geht es dem gut? Gleich kann er Herrn Hofmann fragen. Und zu Hermann würde er jetzt am liebsten sagen: »Warum habt ihr den Krieg denn auch überhaupt angefangen? Ihr seid doch selbst schuld!« Aber wenn er Hermann ansieht, Hermann in seiner Verzweiflung, weiß er, dass gerade nicht der Moment dafür ist.

»Das ist niemals zu Ende, das ist für immer! Und ich kann

niemals weggehen, das ist die Wahrheit. Niemals. Niemals!«, ruft Hermann. »Kannst du dir vorstellen, wie das ist? Ich hasse ihn!«

Warum hasst du nicht lieber den Krieg, denkt Jakob. Warum hasst du nicht lieber diesen Hitler. Aber er weiß, warum er das jetzt nicht sagen darf.

»Nichts ist für immer, Hermann!«, sagt er. »Der Krieg war auch nicht für immer. Und das – tausendjährige Reich.«

Auf der anderen Seite der Brücke ist für eine Weile weniger zerstört, unversehrte Bürgerhäuser, Straßen fast ohne Ruinen und Trümmer. Warum tut ihm Hermann so leid? Hat noch seine Mutter, hat sogar noch seinen Vater, auch wenn der eine Last ist. Musste sich niemals verstecken, musste nur nachts Angst haben vor den Bomben. Warum tut ihm Hermann so leid?

Weil er fast so etwas wie ein Freund ist, denkt Jakob verblüfft. Und weil er glaubt, dass ich sein Freund bin, sonst hätte er mir das doch nicht erzählt. Ich hab so lange keinen Freund mehr gehabt – wann denn wohl, wo denn wohl? Und hier gehen wir gemeinsam durch Hamburg und er erzählt mir von seinem größten Kummer. Mein Freund Hermann.

Er denkt an Winnetou und Old Shatterhand, zwei Freunde, die ihr Leben füreinander gegeben hätten. Der eine war eine Rothaut, der andere ein Bleichgesicht. Aber das hat keine Rolle gespielt. Sie waren Blutsbrüder, trotz allem.

»Vielleicht solltest du trotzdem nach Amerika gehen!«, sagt er. »Hier werden sie schon eine Lösung für deinen Vater finden! Du kannst doch nicht dein ganzes Leben …«

»Und welche Lösung? Welche?«, ruft Hermann. »Soll die alte Frau Kalinowski von nebenan ihn zu Tante Meier schleppen, wenn er mal muss? Du hast gut reden, du kannst dir ja nicht vorstellen …« Er wendet sich ab, und Jakob ist still. Hermann muss nicht wissen, dass er sieht, wie Hermann die Schluchzer schütteln.

»Nein, das kann ich mir nicht vorstellen!«, sagt Jakob nach einer Weile. »Du hast recht, Hermann. Entschuldige bitte.«

Aber andere Dinge, denkt Jakob. Andere Dinge kann ich mir vorstellen, die du dir nicht vorstellen kannst.

Winnetou und Old Shatterhand. Die hatten es leichter.

JAKOB

Es ist merkwürdig, das Haus bei Tag zu sehen, das Haus, in dem Herr Hofmann ihn in seiner Wohnung versteckt hatte. Fast wäre Jakob vorbeigegangen.

»Hier ist es!«, sagt er.

Drinnen ist es kühl. Ein Schild verkündet, dass das Spielen und Lärmen der Kinder im Treppenhaus verboten ist, auch auf den Boden spucken darf man nicht. Die Treppe ist aus Holz, von den Wänden blättert an manchen Stellen die Farbe.

An der Wohnungstür drückt Jakob auf den Klingelknopf. Die Frau, die öffnet, hat er noch niemals gesehen.

»Guten Tag!«, sagt Jakob. »Ich wollte zu Herrn Hofmann!«

Die Frau guckt misstrauisch. »Den gibt es hier nicht!«, sagt sie.

Der Schrecken fährt durch Jakob wie ein Blitz. Haben sie ihn doch noch abgeholt, ganz zum Schluss, seinetwegen? Hat die alte Hexe ihn doch noch verraten?

»Das ist Einquartierung!«, sagt eine Stimme, an die er sich mit einer Gänsehaut erinnert, in seinem Rücken. »Du bist doch der Junge, den Herr Hofmann versteckt hatte! Habt ihr wirklich geglaubt, ich hätte das nicht mitgekriegt?«

Jakob dreht sich um. Da steht sie, die alte Hexe, wegen der Herr Hofmann ihm seinen Wigwam suchen musste, und strahlt ihn an, als wäre er der verlorene Sohn.

»Aber natürlich hab ich nichts verraten!«, ruft sie. »Das war ja furchtbar, was sie all die Jahre mit euch gemacht haben, furchtbar! Willst du nicht reinkommen?«

Jakob steht starr. Aus den Augenwinkeln sieht er, wie Hermann zusammenzuckt.

»Haben sie ihn noch geholt?«, flüstert Jakob.

Erst ist es so, als verstünde die alte Hexe nicht, dann lacht sie auf. Ich möchte ihr ins Gesicht schlagen, denkt Jakob.

»Geholt?«, sagt sie. »Natürlich nicht! Ist schließlich nicht mehr lange gegangen, dieser verfluchte Krieg, nachdem Hofmann dich weggeschafft hatte, was? Jede Nacht ist er losgegangen mit seinem Netz, hat wohl geglaubt, ich krieg nichts mit! Aber das hab ich! Und ich hab nichts verraten!«

Sie sieht Jakob triumphierend an, als erwarte sie, dass er sich bedankt: »Vielen Dank, dass Sie uns nicht verraten haben!« Aber das schafft er nicht. Das will er nicht.

»Ja, er hat mir Essen gebracht«, murmelt er. Hermann ist einen Schritt zur Seite getreten.

»Er war dann ja so verzweifelt!«, sagt die Hexe. Sie klingt fast begeistert. Endlich jemand, der ihr zuhört. »Als die Nachricht gekommen ist! Das war doch nur ein paar Tage, nachdem er dich weggebracht hatte, ich will gar nicht wissen, wohin. So spät noch! Was für ein Unglück! Da war der Sohn schon gefallen, und nun auch noch der Enkel!« Sie nickt und guckt Jakob Beifall heischend an. »Musste das denn noch sein? So kurz vor dem Ende? Der arme Herr Hofmann!«

»Ja!«, flüstert Jakob. Er denkt an das Foto auf der Anrichte. Der Totenkopf an der Mütze.

Aber jetzt lässt die alte Hexe sich nicht mehr bremsen. »Du wirst mir doch bestätigen, dass ich dich nicht verraten habe?«, sagt sie, und ihr Ausdruck ist lauernd. »Müssen doch alle diese Denazifizierung ausfüllen, und ich war ja leider in der Partei! Ich hatte keine andere Wahl! Da werden sie mich nicht als Mitläuferin einstufen, aber das ist wirklich vollkommen ungerecht! Ich hatte keine Wahl! Und dich habe ich schließlich auch nicht verraten, das hätte mich den Hals kosten können, aber bin ich zur Gestapo gegangen?« Sie legt den Kopf schief und guckt Jakob bettelnd halb von unten an, ihm wird übel. »Ich hol uns Papier! Da kannst du das aufschreiben!«

Jakob spürt, wie es ihn würgt. Nicht jetzt. Nicht jetzt.

»Wo ist Herr Hofmann?«, fragt er, nachdem er ein paarmal tief geatmet hat. »Wieso ist er umgezogen?«

Aber die Frau ist schon irgendwo in der Wohnung verschwunden. Dann kommt sie mit einem Briefblock zurück, liniertes Papier, und einem Tintenbleistift.

»Reichen ja ein paar Sätze!«, sagt sie und leckt den Stift an. »›Ich‹ – und dann schreibst du deinen Namen – ›war von Februar 1945 bis zum Kriegsende bei Herrn Alfred Hofmann im Haus‹ – und dann schreibst du unsere Adresse – ›untergetaucht. Die Nachbarin, Frau Helma Sötebeer, wusste Bescheid. Sie hat striktes Stillschweigen bewahrt und mir so das Leben gerettet.‹ Schreibst du das? Willst du doch lieber in die Wohnung kommen, ist es am Tisch vielleicht besser?«

Jakob merkt, dass er die Übelkeit nicht stoppen kann, das Drehen im Kopf. Er denkt an den Tag, als Herr Hofmann aus dem Keller zurückgekommen ist, aufgelöst, weil die Hexe ihm gedroht hatte. Nicht wirklich gedroht, nein das nicht, *hat die ganze Zeit gequasselt. Wollte wissen, warum ich denn meinen Gast gar nicht mitgebracht hätte in den Bunker, ich hätte doch einen Gast, sie hätte unsere Stimmen ja immer wieder gehört, ließe sich schließlich gar nicht vermeiden, die Wände wären viel zu dünn.* Und wie er deshalb aus der Wohnung verschwinden musste, wie Herr Hofmann ihm den Wigwam gesucht hat, ihretwegen.

Und nun will sie diese Sätze von ihm.

»Wo ist Herr Hofmann?«, fragt er wieder. Er lehnt sich gegen die Treppenhauswand.

Vielleicht begreift sie nun, dass er nichts schreiben wird, bevor er nicht eine Antwort auf seine Frage bekommen hat.

»Ach, der arme Hofmann!«, sagt sie. »War ja nicht mehr derselbe, nachdem die Nachricht von seinem Enkel eingetroffen ist! War danach nachts plötzlich viel länger weg als vorher! Bei dir, hab ich mir gedacht! Warst *du* jetzt sein Enkel, was? So hatte er sich das wohl nicht gedacht, als er dich aufgenommen hat! Da hat er nur vorgesorgt, war schließlich ein schlauer Kerl; hat bestimmt gedacht, der Krieg ist doch bald verloren, und wenn ich den Bengel bei mir verstecke, kann mir das hinterher noch mal nützlich sein! Das war ja ein ganz Brauner, der Hofmann! In der Partei seit einunddreißig! Blockwart! Der hatte so viel Dreck am Stecken, der hat bestimmt längst gezittert!« Sie lacht böse. »Aber er hat vorgesorgt, was? Der hat sofort begriffen, dass ihm das Schicksal einen Trumpf in die Hand gegeben hat, als du bei ihm aufgetaucht bist!«

Jetzt guckt sie wieder lauernd. »Du hast doch nicht geglaubt, er hat das gemacht, weil er dir helfen wollte? Aus Menschenfreundlichkeit? Doch nicht der Hofmann!« Sie lacht kurz und hart.

Dann zeigt sie wieder auf das Papier. »Aber solche wie ich!«, sagt sie, und ihre Stimme wird wieder schmeichelnd, »solche wie ich, die kleinen Fische, die müssen Angst haben, dass sie nicht denazifiziert werden! Fang einfach mal an!«

Jakob nimmt nicht das Papier und nicht den Stift. Auf einmal versteht er, was er sich die ganze Zeit schon gefragt hat: Warum Herr Hofmann ihn versteckt hat, einen fremden Judenjungen, warum er sich selbst in Gefahr gebracht hat. Die Amerikaner standen im Westen ja längst auf deutschem Boden, hatten schon vor Monaten die ersten deutschen Städte erobert, und die Russen kamen von Osten. Kein Mensch konnte im Februar noch an den Endsieg glauben. Das war doch auch immer Mutters Trost gewesen, dass die Kapitulation bald kommen musste; darauf hatten seine Mutter und er immer gehofft. Und Herr Hofmann war klug gewesen. Herr Hofmann hatte vorgesorgt.

»Aber wo ist er jetzt?«, fragt Jakob.

»Tot!«, ruft die alte Hexe. »Vor einer Woche! Hat ihm alles nichts genützt, was? Tot umgefallen, hier im Treppenhaus, wollte scheinbar noch um Hilfe rufen. Herzschlag, haben sie gesagt. Das war dann wohl die himmlische Gerechtigkeit!« Sie lacht wieder und wedelt mit dem Block.

Darum!, denkt Jakob. Darum ist er nachts nicht mehr gekommen!

Er spürt in sich hinein, ob da Trauer ist, aber er fühlt nur eine große Leere. Seine Trauer würde ja niemals ausreichen für alle, für die er sie brauchen würde. Und Herr Hofmann käme auch erst ganz am Ende, so viele Tote, ehe Herr Hofmann dran wäre, da wäre die Trauer längst aufgebraucht.

Jakob nimmt den Block. Er schreibt. Es ist sowieso alles egal, warum soll er der alten Hexe nicht geben, was sie will. Schließlich hat sie ihn wirklich nicht verraten.

»Bitte!«, sagt Jakob und reicht ihr das Papier zurück.

Er hört nicht mehr, was sie ihm nachruft, als er langsam die Treppe nach unten steigt. Nun ist auch Herr Hofmann tot. Er weiß nicht, ob er an himmlische Gerechtigkeit glaubt, schließlich mussten so viele andere auch sterben. Auch all die, bei denen er nicht weiß, wofür der Himmel sie bestrafen wollte.

Unten setzt er sich auf die oberste der Steinstufen, die vom Gehweg hoch zur Haustür führen. Hermann bleibt neben ihm stehen, als ob er wartet. Er sagt kein Wort. Dann dreht er sich plötzlich um und geht.

Ist auch gleichgültig jetzt, denkt Jakob und sieht ihm nach. Wozu brauche ich einen Freund. Hab ich doch schon ewig nicht mehr gehabt, Winnetou und Old Shatterhand ist für Kinder. Herr Hofmann hat mich nicht versteckt, um *mir* zu helfen, sondern sich selbst. Und Hermann wollte nur mein Freund sein, solange er geglaubt hat, dass ich ein anderer bin. Und alle, die mich wirklich geliebt haben, sind tot.

So ist das eben. Na und.

HERMANN

Für den Weg zurück braucht Hermann nicht so lange wie für den Hinweg. Da haben sie schließlich geredet, dann dauert es länger. Da hat *er* geredet. Diesmal geht er allein.

Er hat mich belogen!, denkt Hermann, und Wut steigt in ihm auf. Das hätte ich ihm doch alles nicht erzählt, wenn ich gewusst hätte, dass er ein Itzig ist! Uns alle hat der belogen! Der Deutsche ist ein Idealist, der stirbt für eine Idee, wenn es nötig ist. Aber der Itzig, dem geht es immer nur um sich selbst und den eigenen Vorteil. Und ist ja auch klar, dass so einer jede Menge Schmuck hat, den er eintauschen kann. So war das doch, haben doch alle gewusst! Die Juden waren Schmarotzer am deutschen Volkskörper, dem fleißigen deutschen Arbeiter ging es dreckig, aber die Juden hatten Gold und Schmuck und Banken und Fabriken und Villen an der Alster. Ganz richtig, dass sie in Arbeitslager mussten! Darüber haben die Nachbarn getuschelt, Genaues wusste niemand, man durfte auch nicht darüber reden. Aber plötzlich waren sie alle weg aus der Nachbarschaft, einer nach dem anderen. Nach Osten, hatte der Vater gesagt, als er zweiundvierzig auf Heimaturlaub gewesen war, noch ganz heil, da kommen sie in Arbeitslager. Damit die auch mal sehen, wie das ist, zu arbeiten, raffgierige Zinswucherer. Das hätte schon längst passieren müssen.

Hermann war damals noch jünger, ungefähr so alt wie Max heute ist, was hat er da schon verstanden? Aber er erinnert sich trotzdem noch genau daran, wie er gegrübelt hat, ob das, was Ärzte tun, wohl keine Arbeit ist. Hatte Dr. Rosenbaum denn nicht gearbeitet, wenn sie zu ihm gegangen waren mit ihren Halsschmerzen, Bauchschmerzen? Einmal war er sogar zu ihnen in die Wohnung gekommen, da hatte Hermann Scharlach und wäre fast gestorben. Aber das ist nun wirklich so viele Jahre her, dass die Erinnerung verschwimmt. Schon lange durfte Dr. Rosenbaum ja keine Deutschen mehr behandeln, nur noch Juden. Und vielleicht war seine Arbeit wirklich keine echte Arbeit gewesen, keine harte Arbeit jedenfalls, nicht wie das, was Hermanns Vater in der Werkstatt machte und andere Väter auf der Werft. So was musste er vielleicht wirklich mal im Arbeitslager kennenlernen.

Da hatten sie natürlich wieder mal Glück gehabt, die Juden! Mussten sie nicht an die Front, und keiner schoss ihnen die Beine weg. Mussten nicht unter den Trümmern ersticken, wenn die Bomben fielen, Schwein gehabt! Arbeiten, was war da denn schon dran? *War ja furchtbar, was sie all die Jahre mit euch gemacht haben, furchtbar!* Hatte die dicke Alte wohl nicht richtig nachgedacht! Aber die wollte sich einschleimen bei Friedrich, klar. Damit er ihr diesen Zettel schrieb.

Am Anfang der Straße kommt Traute ihm entgegen mit einer Puppe im Arm. »Nicht, was du denkst!«, sagt sie abwehrend und schüttelt den Kopf. »Die ist für die Kinder von unserer Einquartierung.«

Ein paar Meter entfernt kicken Max und Adolf gelangweilt den Fußball von Max' gefallenem Bruder hin und her. Als sie Hermann sehen, klemmt Max ihn sich unter den Arm, dann kommen sie.

»Dieser Friedrich!«, ruft Hermann. »Der hat mich nach Strich und Faden belogen! Uns alle! Sein Vater ist gefallen, hat er mir erzählt, ha! Und die Mutter bei einem Bombenangriff umgekommen! Von wegen!«

Er guckt wütend, aber auch so, als warte er darauf, dass irgendwer jetzt nachfragt.

Das tut Traute. »Woher weißt du das?«, fragt sie. »Dass das Lügen waren? Und warum sollte er dir denn Märchen erzählen?«

»Was denkst du wohl?«, ruft Hermann. »Der ist ein Itzig! Der hat sich hier versteckt, damit sie ihn nicht finden, damit ...«

Kinder sind zu jung für ein Arbeitslager, fällt Hermann plötzlich ein. Wovor hatte der eigentlich Angst?

»Oh!«, flüstert Max und starrt ihn aus weit aufgerissenen Augen an. »Das ist ja schrecklich!« Und einen Augenblick glaubt Hermann tatsächlich, dass er damit die Lügen meint, die Friedrich ihm erzählt hat, aber da spricht Max schon weiter. »Was für ein Glück, dass sie ihn nicht erwischt haben! Aber nun ist er doch sicher!« Max kneift die Augen zusammen. »Und seine Eltern?«, fragt er. »Der würde doch hier nicht so allein in den Trümmern hausen, wenn die noch leben würden!«

Hermann starrt ihn verblüfft an, und die anderen beiden auch. »Die haben sie doch alle umgebracht!«, sagt Max unsicher. »Wisst ihr das nicht? Zuerst …«

»Das sind bloß verdammte Gerüchte!«, ruft Hermann. »Woher willst du denn das wissen? Feindpropaganda! Jetzt, wo sie uns besiegt haben, da können die Tommys ja alles behaupten, da gehören ihnen ja das Radio und die Zeitungen, aber du glaubst doch nicht …«

Dann sieht er, dass ihm keiner mehr zuhört. Die anderen drei sehen die Straße hinauf, zur Kreuzung, wo Friedrich ihnen entgegenkommt, langsam wie ein alter Mann.

»Friedrich!«, ruft Traute und macht einen Schritt auf ihn zu, bevor er abbiegen kann ins Trümmerfeld. »Friedrich!«

Der Junge, der sie alle belogen hat, bleibt stehen. Aber keiner sagt etwas. Warum hat Traute ihn auch gerufen!

Dann redet wieder Max, ausgerechnet Max. »Hermann hat uns alles erzählt, Friedrich!«, sagt er. »Du hättest es uns ruhig sagen können! Mein Vater war auch im KZ!«

»Was?«, ruft Hermann. »Du lügst!«

Da dreht Max sich blitzschnell zu ihm um. »Schon dreiunddreißig war das, gleich nach der Machtübernahme!«, sagt er böse. »Der ist doch ein Sozi! Die sind alle sofort verhaftet worden damals, hat meine Mutter erzählt, und die Kommunisten auch! Einfach so! Und als die Gestapo sie wieder rausgelassen hat, durften sie nicht darüber reden, das mussten sie unterschreiben. Das hat natürlich auch keiner getan, sie wollten ja nicht noch mal rein! Aber die Juden, die haben sie nicht wieder rausgelassen, nie, die haben sie umgebracht in den Lagern! Die wollten sie ausrotten, sagt mein Vater!«

Friedrich schluchzt auf.

»Mein Vater ist so froh, dass das alles jetzt vorbei ist! Jetzt bauen sie die Partei wieder auf.« Max guckt Hermann kämpferisch an. »Ihr wisst so viele Sachen nicht!«, sagt er, und fast klingt das verächtlich. »Weil ihr sie nicht wissen wolltet, sagt mein Vater! Und weil ihr sie immer noch nicht wissen wollt.«

Aber das nimmt Hermann nicht so einfach hin, doch nicht von Max! »Ach ja, und du weißt das alles?«, ruft er. »Woher weißt du denn, dass das die Wahrheit ist? Das mit deinem Vater? Da warst du doch noch gar nicht geboren!«

Und er sieht zu Traute hin, ob nicht wenigsten die auf seiner Seite ist, aber Traute guckt auf den Boden, und dann guckt sie wieder zu Friedrich. »Max hat recht!«, sagt sie entschlossen und presst ihre Puppe an sich. »Du hättest es uns ruhig erzählen können, Friedrich!«

Die sind ja alle wahnsinnig geworden, denkt Hermann. Auf einen Lügner reinzufallen. Auf Feindpropaganda reinzufallen! Das zur Führung bestimmte deutsche Volk musste den Volkskörper reinhalten, natürlich, das ist die Wahrheit, kein jüdisches Blut! Und da war eiserne Härte nötig. Aber das vom Schicksal auserwählte deutsche Volk schlachtet trotzdem Menschen nicht einfach feige ab, noch nicht mal Untermenschen! Das deutsche Volk, das sind noch immer die Helden wie in den alten Sagen, und Helden müssen streng sein und gerecht und dem Feind trotzen, der sie vernichten will. Aber doch nicht so! Alles Lüge.

Nur irgendwo, ganz tief in ihm drin, ahnt Hermann plötzlich, was er nicht ahnen will. Wenn die Feindpropaganda vielleicht die Wahrheit ist, würde so vieles zusammenpassen. Er erinnert sich noch daran, wie sie die Geschäfte angezündet haben, die Scheiben eingeworfen, und ihre Synagoge haben sie auch abgebrannt. Er durfte mit, damals, der Vater hatte ihn mitgenommen – »Du bist ja schon groß!« –, sieben Jahre war er alt gewesen. Er hatte auch einen Stein in eine Scheibe werfen dürfen.

Hatte er danach wirklich niemals mehr darüber nachgedacht? Sich niemals gefragt, wo all die geblieben waren, denen die Geschäfte gehört hatten? Warum aus den Arbeitslagern, von denen man doch auch nicht reden durfte, weil es sie nicht gab, nie einer zurückgekommen war? War auch nicht wichtig, sie hatten schließlich alle selbst genug Probleme. Gleich danach hatte der Krieg angefangen.

»Sie sind alle tot!«, murmelt Friedrich. »Meine Eltern, meine Großeltern, meine Onkel und Tanten …« Dann setzt er sich einfach auf das warme Pflaster des Gehsteigs, schlingt die Arme um seine Knie und versteckt darin das Gesicht. Und weint, als ob er niemals mehr aufhören wollte.

Und Hermann spürt eine Wut, so groß, noch größer als die auf den Vater, eine Wut, von der er nicht einmal sagen kann, wem sie gilt; dem ganzen Leben. Das ist doch alles falsch!

Ist es nicht schlimm genug, dass die Stadt zerbombt ist und dass der Vater keine Beine mehr hat? Und nun sollen sie auch noch schuld an allem sein, sogar feige Mörder?

Er starrt Friedrich an, der noch immer auf dem Boden hockt, die Arme um seine Knie geschlungen, und weint und weint. Und neben ihm steht Traute und hat ihm behutsam eine Hand auf die Schulter gelegt, ganz leicht. Friedrich schüttelt sie nicht ab.

»Friedrich!«, flüstert sie hilflos. »Ach, Mensch, Friedrich!«

Aber der reißt plötzlich seinen Kopf hoch und starrt sie alle hasserfüllt an. »Ich heiß Jakob!«, brüllt er. »Ich heiß Jakob!« Dann schüttelt ihn wieder das Weinen.

Da hat er also auch gelogen!, denkt Hermann. Itzig! Und jetzt heult die Memme wie ein Weib, und alle haben sie Mitleid!

Und er? Was ist mit ihm?

»Nun heul doch nicht, du lebst ja noch!«, brüllt Hermann.

Dann läuft er ins Haus, den Vater tragen.

TRAUTE

Es ist schrecklich. Das mit diesem Jakob ist schrecklich.

Traute ist ihm noch ein paar Schritte gefolgt, als er in den Trümmern wieder zu seinem Unterschlupf verschwunden ist. Er hat sich nicht umgedreht, aber weggeschickt hat er sie auch nicht, jetzt weiß sie, wo er wohnt. Das ist alles so schrecklich.

Sie zögert einen Augenblick, bevor sie mit ihrer Puppe in die Wohnung geht. Hat sie vielleicht doch etwas davon geahnt, ein bisschen wenigstens? Haben die Eltern etwas davon geahnt, sogar etwas gewusst?

Irgendwer muss etwas gewusst haben, denkt Traute. Viele Menschen, eigentlich. Haben doch viele mitgekriegt, wie die Juden nach und nach verschwunden sind, ausgewandert, so hieß es zuerst, sie erinnert sich noch an Familie Reich, der das Delikatessengeschäft auf der anderen Seite vom Kanal gehört hat. Die waren nach Amerika, hatte es geheißen, Frau Paulsen hatte das erzählt, die hatte bei denen geputzt. Sie war ja über fünfundvierzig Jahre alt, da durfte sie das.

Daran erinnere ich mich!, denkt Traute verblüfft. Auch wenn ich da noch so klein war. Weil ich das damals so komisch gefunden habe, als sie das erzählt hat: »Ich bin ja über fünfundvierzig, da darf ich das.« Was das Alter wohl damit zu tun hat, bei wem man putzen darf.

Danach hatten sie nichts mehr von Amerika gehört, aber dann waren doch immer weniger Menschen mit dem Stern zu sehen auf den Straßen und immer mehr Familien verschwunden, eine nach der anderen. Im Laden hatten die Kundinnen mit der Mutter getuschelt über den Tresen, wenn keiner sonst mehr im Geschäft war. Aber Traute hatte nicht gelauscht, es hatte sie nicht interessiert, wie auch andere Erwachsenensachen sie nicht interessiert hatten, und verstanden hatte sie es sowieso nicht.

Sie öffnet die Ladentür. Wieder steht die Mutter hinter dem Tresen und lächelt und redet und schneidet Marken ab. Was hat sie gewusst?, denkt Traute. Ist aber eigentlich auch egal. Auch wenn sie alles wusste, was sollte sie denn tun?

Sie lächelt den Kundinnen zu und verschwindet durch die Tür in die Wohnung. Auf dem Flur sitzt Eva auf dem Boden und lässt Marthas Puppe auf und ab hüpfen. Dabei redet sie leise auf sie ein. Aber als sie Traute kommen sieht, presst sie Anton fest an sich und starrt sie kämpferisch an. »Das ist meine!«, sagt sie böse. »Martha ist klein!«

Traute seufzt. »Hier ist noch eine!«, sagt sie und hält Eva die Puppe hin. »Die ist für dich! Dann habt ihr beide eine!«

Eva starrt Anita an, die zerschrammte Anita, und springt auf. »Die kaputte ist für Martha!«, ruft sie. »Martha! Ich hab eine Püppi für dich!«

Frau Makuleit steckt den Kopf aus der Zimmertür. »Nicht so laut, Evchen!«, sagt sie. »Störst ja alle anderen! Oh, Marjellchen!«, sie lächelt Traute entschuldigend an, dann sieht sie die Puppe auf Evas Arm. »Nej! Hast noch eine gebracht!« Sie sagt »noch ejne« und »jabracht«.

Traute zuckt die Achseln. »Dann müssen die beiden sich nicht mehr streiten! Ich bin ja sowieso zu alt dafür.«

Eva ist im Wohnzimmer verschwunden, und Traute hört Marthas Lachen. »Sie heißt Anita!«, sagt Traute. »Also, Martha kann sie natürlich anders nennen.« Jetzt kommen beide Mädchen zurück auf den Flur, jede mit einer Puppe. Martha schleift ihre am Bein hinter sich her. »Anton und Anita, das passt doch irgendwie zusammen.«

Eva nickt. »Ich kenn auch eine Anita!«, sagt sie, und jetzt schwenkt sie Anton, dass er Purzelbäume schlägt wie am Reck, und die Arme verdrehen sich immer mehr. »Eine Lebendige! Zu Hause!«

Frau Makuleit lächelt Traute an. »Ja, Anita, der Name ist schön! Der erinnert sie an die kleine Nachbarstochter. Früher, in Lyck!«

»Nini!«, sagt Eva und nickt heftig. »So heißt die.«

»Nini?«, fragt Traute.

Vielleicht war das die Abkürzung für Anita im Osten, der Kosename, vielleicht haben da, wo die Flüchtlinge herkommen, alle Anitas »Nini« geheißen. »So hieß auch die Schwester von dem Adolf, mit dem wir immer spielen! Aber die haben sie verloren. Auf der Flucht.«

»Adolf?«, ruft Frau Makuleit. »Adolf und Nini?« Sie starrt Traute an. »Nej, das muss ein Zufall sein!« Dann läuft sie zur Tür. »Brav bei der Oma bleiben, Mädchen!«

Traute läuft ihr hinterher. »Warten Sie doch, Frau Makuleit!«, ruft sie. »Sie wissen doch gar nicht, wo der Adolf wohnt!«

Donnerstag, 28. 6. 1945

JAKOB

Mitten in der Nacht ist Jakob aufgewacht. Er wusste, dass er nicht wieder einschlafen würde.

Herr Hofmann ist tot. Und vorher hat er die Nachricht vom Tod seines Enkels bekommen. Auf einmal ist ganz klar, warum er zuletzt immer so lange bei Jakob in seinem Wigwam gesessen und warum er so viel geweint hat. Und warum er Jakob nicht erzählt hat, dass der Krieg zu Ende ist. Seinen Enkel hatte er verloren, vielleicht wollte er wenigstens Jakob behalten.

Und jetzt?, denkt Jakob. Wie geht es weiter?

Hermann hatte ja ganz recht, auch wenn sie nun nicht Winnetou und Old Shatterhand werden konnten. Kein Grund zu heulen. Er lebte noch.

Als Erstes geh ich morgen zu unserer früheren Wohnung, denkt Jakob. Natürlich, da wohnen inzwischen andere Leute, unsere Wohnungen haben sie doch immer sofort nach den Evakuierungen ausgeräumt und Deutschen gegeben – denen, die für sie die einzigen Deutschen waren. Aber trotzdem. Vielleicht erfahre ich da irgendwas. Ich will zurück in mein Leben oder in ein neues. Dazu muss ich dahin zurück, wo das alte zu Ende war.

Dann hat er auf den Himmel gestarrt, der die ganze Nacht

nicht wirklich schwarz geworden war und nun schnell heller und heller wurde. Das Licht kam zurück.

Bis es endlich Zeit war zu gehen.

HERMANN

Hermann weiß nicht, wie früh sie auf dem Schwarzen Markt anfangen zu handeln, deshalb wartet er ein bisschen, bevor er geht.

Am Abend vorher hat die Mutter wieder vom Holstenhofweg erzählt. Und dass die Tommys in der Werkstatt ganz glücklich mit ihr sind. »Great job!«, hatte ihr Chef zu ihr gesagt. »Well done!« Sie versteht dieses Englisch jetzt auch schon ein bisschen besser.

Aber sie haben wieder nach der Kennkarte gefragt, sie muss ein Foto zeigen, um zu beweisen, dass die anderen Papiere wirklich ihr gehören, so viel hat sie verstanden. Und wenn ihre Kennkarte beim Feuersturm verbrannt ist, dann soll sie eben eine neue beantragen. Ohne Kennkarte können sie sie jedenfalls nicht auf Dauer bei sich arbeiten lassen, so leid es ihnen tut, sie geben ihr vier Wochen Zeit.

Hat Hermann sich getäuscht, oder hat der Vater zufrieden ausgesehen, als sie das erzählt hat? Gesagt hat er nichts, hat sowieso kaum gesprochen den ganzen Abend.

»Hermann!«, hat die Mutter gerufen. »Du bist doch schon mal da gewesen, auf diesem Schwarzen Markt! Wir müssen es da versuchen! Ich *brauch* die Kennkarte!«

Der Vater ist zusammengezuckt. »Und dann bist du ich«, hat er gesagt. »Dann bin ich wohl endlich ganz ausgelöscht.«

Er hat dabei genickt, als wollte er sich selbst etwas bestätigen, aber er hat es ruhig gesagt. Er hat nicht gebrüllt.

Auch gut, dass er endlich begriffen hat, wer er jetzt nicht mehr ist!, hat Hermann gedacht.

»Ich hab gehört, da sind viele Ausweise gefälscht worden in den letzten Jahren!«, hat die Mutter gesagt. »Für die Juden. Damit die untertauchen konnten. Oder ins Ausland gehen. Die muss es doch noch irgendwo geben, die Fälscher! Versuch es mal auf dem Hansaplatz, Hermann.«

Für die Juden! Hermann starrt sie an. Was redet sie denn da? Ist sie also auch darauf reingefallen, auf diese Tommy-Propaganda? Aber nach einem Fälscher kann er trotzdem mal suchen. Und rauskriegen, was der dafür will. Viel haben sie ja nun allerdings nicht, was sie tauschen könnten.

Dieser Friedrich, natürlich, der in Wirklichkeit Jakob heißt, der hätte bestimmt genügend Schmuck, um so viele Pässe fälschen zu lassen, wie er will. Ist eben doch alles wahr, was sie im Jungvolk und in der Schule über die Juden erzählt haben. Dieser Jakob hat Gold und Geschmeide wie im Märchen, aber eine deutsche Frau kann sich nicht einmal eine Kennkarte besorgen.

Und nun ist er wieder auf dem Weg, der ihm allmählich schon ganz vertraut erscheint und den er ganz sicher noch öfter gehen wird. Gibt eben sonst nirgendwo irgendwas zu kaufen. Wenn man etwas braucht, muss man zum Hansaplatz.

Vorher hat er den Vater noch ins Zwischengeschoss getragen.

»Danke!«, hat der Vater gesagt, als Hermann ihn wieder auf das Küchensofa gesetzt hat, in einem Ton, der neu war. Hat er sich vorher jemals bedankt? Gebrüllt hat er, sich beschwert, weil Hermann zu langsam war, ihm die Hosen nicht schnell genug heruntergelassen hatte, gebrüllt und geschimpft. Und jetzt auf einmal danke.

Plötzlich hat Hermann es nicht mehr ausgehalten. Das Brüllen, das hat er gekannt, da ist in ihm drin jedes Mal etwas zugegangen, das Brüllen hat ihn längst nicht mehr erreicht. Aber dieses freundliche »Danke!« hat auf einmal ein Tor geöffnet, das er mit Mühe zugesperrt hatte, seit zwei Tagen schon, und nun hat der Vater den Riegel umgelegt.

»Danke, ja danke!«, hat Hermann gerufen. »Damit ist es für dich erledigt! Und wenn ich nachher zurückkomme, bring ich dich wieder runter, nicht? Ist ja ganz klar, der Hermann, der muss das doch tun, ist doch sein Vater, der Hermann …« Er hat den Vater hasserfüllt angestarrt. »Wie lange soll der Hermann das denn noch? Wo verdammt ist denn da Platz für mein eigenes Leben?«

Der Vater hat ihn angesehen. Dann hat er ganz langsam die Schultern sinken lassen und eine hilflose Bewegung mit den Händen gemacht, als wollte er etwas abwehren, und sein Blick wurde bittend. Und das war schlimmer, als wenn er wütend geworden wäre, viel schlimmer. Hermanns Zorn ist gewachsen, bis er rot und glühend war. »Wozu braucht Hermann auch ein eigenes Leben!«, hat er gerufen. »Wozu muss Hermann nach Amerika?« Und hat auf den Tisch geschlagen.

Es hat ausgesehen, als hätte das Wort den Vater geweckt. »Amerika?«, hat er gefragt.

»Der Ludwig will mich mitnehmen!«, hat Hermann gerufen. »Ich wollte es euch nicht sagen, hat doch sowieso keinen Sinn! Ich kann ja nicht gehen, wer sollte dich denn dann tragen?«

Er ist aufgesprungen. »Ich muss zum Hansaplatz«, hat er kalt gesagt. »Und keine Sorge, wenn ich zurückkomme, schlepp ich dich wieder!«

Fast hat er erwartet, dass der Vater ihm nachbrüllt, aber in der Küche ist es immer noch still gewesen, als Hermann die Wohnungstür hinter sich zugezogen hat. Ganz still.

JAKOB

Noch immer steht an der Wohnungstür sein Name. Da haben sie wohl vergessen, das Schild abzumachen, die Neuen. In seiner Tasche spürt Jakob den Schlüssel, aber er steckt ihn nicht ins Schloss. War doch so viel zerbombt in der Stadt, da waren die Juden kaum raus aus ihrer Wohnung und auf dem Weg ins Lager, schon waren neue Mieter eingezogen. Die Tür sieht vertraut aus und als führe sie noch immer zu einer Wohnung, in der Jakob zu Hause ist, aber das tut sie schon lange nicht mehr.

Er dreht sich um und starrt auf die Tür von Frau Pelletier gegenüber.

Schon lange hat Frau Pelletier nicht mehr gegrüßt, hat sogar schnell ihre Wohnungstür wieder zugezogen, wenn sie gemerkt hat, dass sich Jakobs Tür geöffnet hat. Und draußen hat sie die Straßenseite gewechselt, wenn sie die Mutter hat kommen sehen. Nicht mal mit dem Vater hat sie gesprochen, dabei war der doch so deutschblütig wie sie selbst. Aber er hatte Rassenschande begangen, Verrat an seinem Volk, er war jüdisch versippt, da wusste Frau Pelletier, wie sie sich zu verhalten hatte.

Jakob zögert. Wie sollte ausgerechnet Frau Pelletier ihm wohl helfen? Warum ist er überhaupt hergekommen? Er war dumm.

Jakob dreht sich um zur Treppe. Ich muss es anders versuchen, denkt er. Vielleicht bei der Polizei. Ich muss doch keine Angst mehr haben! Ich geh einfach hin und erzähle, wer ich bin. Oder hab ich vielleicht ein Verbrechen begangen, weil ich mich der Verfolgung entzogen habe? Sperren sie mich dafür immer noch ein?

Vielleicht geh ich lieber zu den Tommys. Finden werde ich die ja wohl.

Er ist schon auf der ersten Stufe nach unten, als hinter ihm die Wohnungstür aufgerissen wird.

»Der Jakob!«, ruft Frau Pelletier. »Ich täusch mich doch nicht, du bist doch Jakob! Ich hab dich durch den Spion gesehen!« Und sie sieht genauso begeistert aus wie gestern diese Nachbarin von Herrn Hofmann, diese Frau Sötebeer.

Bestimmt will sie auch so ein Papier, denkt Jakob voller Wut und bleibt auf der Treppe stehen. Darauf würde ich wetten! Aber das kriegt sie nicht. Keiner kriegt mehr so was von mir, hat uns schließlich auch keiner geholfen! Nur Herrn Hofmann, dem hätte ich eins geschrieben, egal, was seine Gründe dafür waren, mich aufzunehmen. Für Herrn Hofmann hätte ich es getan. Aber sonst für niemanden.

»Ein Glück, dass du kommst, Jakob!«, ruft Frau Pelletier fröhlich. Ganz so, als hätten sie immer miteinander geplaudert in den letzten Jahren, wie Nachbarn es tun im Treppenhaus, wenn sie sich zufällig begegnen: »Schönes Wetter heute, wie geht es in der Schule, die Schulze im Erdgeschoss hat schon wieder die Treppe nicht geputzt.« Täglich ein freundliches Klönen zwischen Nachbarn. Als hätte sie das bleierne Schweigen längst vergessen.

»Komm doch mal hoch, Jakob! Gut siehst du aus!« Und sie strahlt ihn an, und Jakob weiß, dass der nächste Satz ihre Bitte sein wird.

Aber er hat sich getäuscht. »Da ist Post für euch gekommen!«, sagt Frau Pelletier. »Der Postbote hat bei mir geklingelt, bei euch hat ja niemand aufgemacht! Für deinen Vater!« Und sie verschwindet im dunklen Korridor und taucht gleich danach mit einem zerknitterten Briefumschlag wieder auf. »Die wussten wohl nicht, dass er tot ist!« Und sie hält Jakob den Brief hin.

Aber du wusstest es!, denkt Jakob. Du wusstest es schon lange und hast nicht einmal gesagt, dass es dir leidtut. Mein herzliches Beileid! Du wusstest es. Und hast geschwiegen.

»Das muss denen irgendwie durchs Raster gefallen sein, dass dein Vater tot ist!«, sagt Frau Pelletier und verschränkt die Arme vor der Brust. »Ist auch keiner in eurer Wohnung gewesen, um sie auszuräumen, als deine Mutter weg ist, die müssen geglaubt haben, dass er noch lebt, nicht?« Sie nickt wissend. »Da ist wohl schon viel durcheinandergegangen, am Schluss!«, sagt sie. »Da wusste die eine Hand nicht mehr immer, was die andere tut! Da war dieser verfluchte Krieg ja schon fast vorbei. Dieser verfluchte Krieg!«

Und sie nickt Jakob zu, als wären sie schon immer einer Meinung gewesen.

Du hast alles gewusst, denkt Jakob. Und das Einzige, was dich gekümmert hat, war dieser verfluchte Krieg. Der war eben auch für dich schlimm. Aber was mit uns geschehen ist, all die Jahre, war dir gleichgültig. Da hast du nur Angst gehabt, du könntest Probleme kriegen, wenn du freundlich bist.

»Nun mach doch mal auf, Jakob!«, ruft Frau Pelletier und nickt mit dem Kinn in Richtung Brief. »Der sieht so offiziell aus, nicht? Willst du nicht wissen, was drinsteht?«

Jakob starrt sie an. Neugieriges Weib, denkt er. »Auf Wiedersehen, Frau Pelletier!«

Er könnte die Wohnung aufschließen und den Brief drinnen öffnen. Aber er weiß, dass er das nicht ertragen würde.

Langsam geht er die Treppe hinunter.

JAKOB

Die Sonne scheint auf die Trümmer und lässt in den Fensterrahmen die Scherben aufblitzen. Noch mehr Sommer kann es gar nicht werden.

Jakob sieht sich um. Er hat nicht darauf geachtet, wohin er geht. Er musste nur weg von dem, was einmal sein Zuhause gewesen war, möglichst weit weg, egal wohin; und allmählich ist er ruhiger geworden. Der Briefumschlag in seiner Hand ist klebrig von seinem Schweiß. Er weiß doch, was drinsteht.

Sie haben also geglaubt, der Vater wäre noch am Leben,

da in den Ämtern. Und nun bedauern sie, ihm mitteilen zu müssen, dass seine Frau im Lager leider verstorben ist. An einer Lungenentzündung. Einem plötzlichen Herzschlag. Irgendwas.

Aber es hilft ja nichts, wenn er den Brief wegwirft, weil er den Inhalt nicht ertragen kann. Er muss es wissen.

Jakobs Herz rast, als er den Umschlag aufreißt. Die Schrift flirrt vor seinen Augen, er schafft es nicht, Zeile für Zeile zu lesen. »Barmbek. Schulhof Finkenau. 29. Juni.«

Jakob schließt die Augen. Er atmet tief ein und aus, selbst sein Atem zittert. Dann versucht er noch einmal, das ganze Schreiben zu lesen. Und zu verstehen.

TRAUTE

Auf dem Wohnungsflur muss Traute über Martha und Eva steigen, die in wildem Tempo auf dem Boden von einem Ende zum anderen krabbeln und dabei ihre Puppen auf und ab hüpfen lassen.

»Hast du wieder heimlich vom Brot genascht?«, ruft Eva mit einer tiefen Stimme. »Böser, böser Anton! Nun muss Mutti dich hauen!« Und sie schlägt Anton so heftig mit einer Hand auf den Rücken, dass er an ihrer anderen wild hin und her schwingt. »Dann gibt es heute Abend eben nichts für dich zu essen, böses Kind! Basta!«

»Basta!«, ruft Martha begeistert. »Böser Tind!«, und sie schlägt ihre Anita vorsichtshalber gleich mit, obwohl vielleicht gar nicht bekannt ist, ob sie auch eine Broträuberin war. »Basta!«

»Guten Morgen, ihr beiden!«, sagt Traute, aber Eva und Martha haben jetzt wirklich Wichtigeres zu tun, als Höflichkeiten auszutauschen.

»Nur weil der Vati nicht da ist, glaubst du wohl, du kannst tun, was du willst?«, ruft Eva immer noch mit dieser Stimme, und Traute macht sich Sorgen, wie lange die Nähte wohl noch halten werden, mit denen Antons Stoffarme an seinem Körper befestigt sind, wenn er immerzu so geschlagen wird. »Böses, böses Kind! Wirst du wohl brav sein?«

»Bav sein! Ja!«, ruft Martha begeistert.

Als Traute die Tür zum Laden hinter sich zuzieht, hört sie noch, wie Eva empört sagt: »Der will nicht. Der muss noch mehr Haue kriegen«, und Martha ruft: »Haue tiegen!«

Gut, dass ich ihnen die Puppen geschenkt habe, denkt sie. Nun haben sie was zu tun.

Auf der Straße dribbelt Max einsam seinen Ball zwischen Trümmerbrocken.

»Ist Hermann nicht da?«, fragt Traute. »Und Adolf?«

Max zuckt die Achseln. »Keine Ahnung«, sagt er.

Traute denkt, dass er auf einmal ganz anders aussieht. Seit sie das von seinem Vater gehört hat. Und was Max alles wusste.

»Und Friedrich?«, fragt Traute. »Also – Jakob?«

Max zuckt wieder die Achseln. »Mein Vati hat gesagt, um den müssen wir uns kümmern!«, sagt er. »Der kann doch nicht alleine da in den Trümmern hausen!«

»Nee!«, sagt Traute. Darauf hätte sie auch selbst kommen können.

In diesem Augenblick taucht Jakob am Ende der Straße auf.

»Jakob!«, ruft Traute. »Wir haben schon nach dir gesucht!«

Was natürlich ein bisschen gelogen ist. Aber nur ein bisschen.

Jakobs Gesicht ist fremd. Er sieht aus, als fiele es ihm schwer, sich auf den Beinen zu halten. Dann hält er ihnen den Brief entgegen.

»Sie wussten nicht, dass mein Vater tot ist!«, flüstert er.

Traute guckt hilflos. »Wer denn?«, fragt sie schließlich.

Aber darauf gibt Jakob keine Antwort.

»Und jetzt kommt meine Mutter zurück!«, flüstert er wieder. »Morgen. Schulhof Finkenau.«

»Das ist ja hier um die Ecke!«, ruft Max. »Und wieso kommt sie …«

Jakob starrt ihn an, aber Traute begreift, dass er nicht wahrnimmt, was er sieht. »War wohl nicht mehr genug Zeit, sie umzubringen, bevor die Russen gekommen sind«, murmelt er. »Theresienstadt. Sie kommt aus Theresienstadt.«

Dann wendet er ihnen den Rücken zu und verschwindet in den Trümmern.

Traute und Max starren ihm nach. »Da hat er sein Versteck«, sagt Traute, als ob das jetzt wichtig wäre.

»So was hab ich noch nie gehört!«, sagt Max und schüttelt den Kopf. »Dass einer von da zurückgekommen ist!«

Aber Traute hat ja von all diesen Sachen sowieso nichts gehört.

»Er hat bestimmt recht!«, sagt Max. »Sie haben das Lager zu spät geräumt. Haben es nicht mehr geschafft, sie umzubringen. Sonst hätten sie doch.«

Ein Schauder läuft Traute über den Rücken. Dabei ist es schließlich eine gute Nachricht.

»Und wenn sie doch nicht kommt?«, fragt sie plötzlich. Aus dem Augenwinkel sieht sie Adolf, wie er ihnen entgegenhüpft. »Wenn doch sonst niemand zurückgekommen ist? Wenn Jakob sich nun solche Hoffnungen macht, und dann ist sie nicht dabei?«

Max zuckt die Achseln. »Sie haben es doch geschrieben!«, sagt er. »Na, Adolf?«

»In Flensburg gibt es ein Amt!«, ruft Adolf, kaum steht er vor ihnen. »Da kann man sich melden!«

Traute kneift die Augen zusammen. »Wer kann sich da melden?«, fragt sie böse. Ihre Gedanken sind immer noch bei Jakob.

»Makuleits sind hier!«, ruft Adolf und er sieht so unglaublich glücklich aus. »Die hatten den Milchladen, in Lyck! Und ihre Martha war nur ein bisschen älter als Nini! Und nun sind sie hier!«

Traute beginnt zu begreifen. Wie gut, dass die Mädchen meine Puppen haben, denkt sie wieder. Und wie gut, dass ich ihnen sogar noch die Namen gesagt habe.

»Frau Makuleit hat erzählt, dass es in Flensburg eine Stelle gibt, da kann man sich melden, wenn man ein Kind verloren hat! Oder eins gefunden!«, ruft Adolf. »Es ist nur so weit weg, Flensburg! Aber Mutti versucht, ihnen zu schreiben. Nur dass die Post ja nicht geht! Sonst fährt sie einfach dahin.« Und er sieht so glücklich aus, als hätte er nicht nur endlich von einer Möglichkeit gehört, seine Schwester wiederzufinden, sondern hätte sie sogar schon wieder zurück.

»Wie schön!«, sagt Traute. Jakobs Mutter kommt vielleicht zurück, Nini kommt vielleicht zurück.

Max nickt. »Spielen wir Fußball?«, fragt er. »Auch ohne Hermann?«

Und das tun sie. Bis das Schreckliche passiert.

HERMANN

Das Erste, was Hermann sieht, sind die Tonscherben auf dem Gehweg vor dem Haus. Unsere Klivie!, denkt er erschrocken. Mutti wird unglücklich sein.

Erst danach bemerkt er das Blut, die Lache groß, so groß!, dunkelrot, an den Rändern schon ein wenig bräunlich getrocknet. Und die Menschen, die stehen geblieben sind, die gerade beginnen, sich zu zerstreuen. Nun haben sie so viel gesehen in den vergangenen Jahren, sehen müssen, haben sie noch immer nicht genug?

Und Hermann? Begreift nicht, ahnt nichts. Es gibt Dinge, die sind so unvorstellbar, dass man sie nicht glauben kann.

Eine Frau mit Milchkanne wirft noch einen Blick zurück. »Und dann die Stümpfe!«, murmelt sie und schüttelt sich. »Diese Stümpfe!«

Noch nicht einmal da will Hermann begreifen. Unsere Klivie, denkt er wieder und bückt sich, um zwischen Scherben und Erde behutsam die Pflanze aufzuheben. Mutti wird unglücklich sein.

Dann spürt er die Hand auf seiner Schulter. »Er hat es wohl nicht mehr ausgehalten, Junge!«, sagt Frau Kalinowski. Die immerzu betet und manchmal vor der Toilette warten muss, wenn er den Vater nach unten trägt. »War ja kein Leben mehr für ihn! Nun ist er beim Herrn Jesus. Nun hat er es gut.«

Hermann starrt sie an und streichelt über die langen, schmalen Blätter der Pflanze. Der Klivie ist nichts passiert, nur dem Topf. Alles nicht so schlimm.

»Willst du mit zu uns kommen, Hermann? Bis deine Mutter wieder da ist? Ist sie wieder enttrümmern? Weißt du, wo sie ist? Soll ich jemanden schicken, sie holen?«

Hermann richtet sich auf. Er schüttelt den Kopf. Dann steigt er die Treppe nach oben, ganz langsam. Die Klivie hält er so behutsam, als müsste er sie beschützen.

In der Küche starrt er auf das geöffnete Fenster, das verrutschte Wachstuch. Zuerst muss der Vater sich auf den Tisch gezogen haben, mit den Ellenbogen. In den Armen hatte er ja noch genug Kraft. Dann von da bäuchlings auf die Fensterbank gleich nebenan. Mit der linken Hand am Fensterbrett festgehalten, mit der rechten nach oben gegriffen. Das Fenster geöffnet. Dann musste er sich nur noch weiter nach vorne ziehen.

Dass die Klivie mit abgestürzt ist, war sicher keine Absicht. Er konnte es eben nicht besser.

Hermann guckt auf den Tisch, ob da eine Nachricht liegt, auf den Boden. Ein Abschiedsbrief. Aber wie hätte der Vater den wohl schreiben sollen. Hätte ja Papier holen müssen und einen Stift. Den Abschiedsbrief müssen sie sich nun selber denken.

Ich bin schuld, denkt Hermann. Das hätte doch in dem Brief gestanden, dass Hermann ihm von Amerika erzählt hat. Dass er seinem Sohn nun auch noch seine Zukunft zerstört. Dass er allen nur noch eine Last ist. Dass es für ihn keine Freude mehr gibt, nur noch Qual und Demütigung. Dass es so, wie es ist, kein Leben mehr ist. Dass er niemals Prothesen bekommen wird.

Aber ich bin schuld. Hätte ich heute Morgen nicht so mit ihm gesprochen. Danach konnte er nicht mehr.

In diesem Augenblick wird die Tür aufgerissen. »Hermann!«, ruft die Mutter. Sie stürzt zur Fensterbank, wo Hermann sich weit nach draußen gebeugt hat. »Hermann!«

Dann nimmt sie ihn in den Arm und presst ihn an sich. Ihre Schultern zucken.

»Das hat er bestimmt nicht gewollt!«, flüstert sie zwischen Schluchzern. »Er wollte nur mal wieder aus dem Fenster sehen. Wenigstens aus dem Fenster sehen wollte er! Und er wollte uns nicht darum bitten, bitten musste er doch sowieso immer so viel. Da hat er das Gleichgewicht verloren, Hermann! Er hat es bestimmt nicht gewollt!«

»Nein!«, murmelt Hermann.

Sie hält es so wenig aus wie ich, denkt er. Wir halten es beide nicht aus.

Die Mutter lässt sich auf einen Küchenstuhl fallen. »Fiete!«, flüstert sie. »Ach, Fiete!« Sie schlägt die Hände vor die Augen.

Hermann bleibt stehen, das Fenster ist noch immer offen.

Und plötzlich trifft ihn die Erkenntnis wie ein Schlag. Alles ist anders jetzt. Es gibt kein »Niemals« und kein »Für immer und immer« mehr. Niemanden muss er mehr ins Zwischengeschoss tragen. Er ist frei.

Er kann nach Amerika.

Das darf er nicht denken.

Hermann schließt das Fenster. »Ich hab die Klivie gerettet«, sagt er.

Freitag, 29. 6. 1945

TRAUTE

Zuerst wollte Traute Jakob fragen, ob sie mitgehen soll. Dann hat sie es gelassen. Auf einmal ist sie sich ganz sicher, dass er allein sein will, wenn er seine Mutter wiedersieht.

Aber was ist, wenn sie nun doch nicht zurückkommt?

Das erträgt er nicht!, denkt Traute. Er hat schon so vieles durchstehen müssen. Das erträgt er nicht. Dann bin ich wenigstens da. Trösten kann ich.

Darum ist sie früh allein zur Finkenau gegangen und hat sich hinter die Schulhofmauer gestellt, wo niemand sie sieht.

Allmählich sind mehr und mehr Menschen gekommen, alte, junge, und Traute hat begriffen, dass sie alle jetzt voller Hoffnung sind und voller Zweifel. Jakob steht abseits, ein paar Schritte von den anderen entfernt, als ob er niemanden kennt.

Erst am Nachmittag kommen die Lastwagen, und ein Aufschrei geht durch die Wartenden. »Da sind sie!«, ruft irgendwer, und: »Hilde! Hilde!« und »Mutti!«

Jakob rührt sich nicht.

Auf den Pritschen der Wagen sind Bänke ohne Lehnen aufgebaut, darauf sitzen zusammengesunken die Rückkehrer: ausgehungert, hohläugig, erschöpft. Wie lange fahren sie jetzt schon?, denkt Traute. Wie weit ist das weg, dieses Theresienstadt? Und wo doch so viele Brücken kaputt sind, da mussten sie bestimmt auch noch schrecklich viele Umwege fahren! Wie viele Tage wohl schon auf den offenen Wagen, auf den Bänken?

»Oh, Heidemarie!«, ruft ein Mann und dann hört man nur noch sein Schluchzen.

Die Klappen am hinteren Ende der Pritschen werden heruntergelassen, und die Menschen steigen von den Bänken, drängeln sich, winken. Manche müssen heruntergehoben werden, zwei alte Frauen sacken auf dem Boden zusammen.

Dann geht plötzlich auch Jakob zögernd nach vorne, »Mutti!«, und rennt die letzten Schritte. Er schlingt seine Arme fest um eine Frau, die fast durchsichtig aussieht, so mager ist sie; und ganz grau ihr Gesicht, über das jetzt die Tränen laufen. Dann neigt sie ihren Kopf über Jakobs Kopf, und so stehen die beiden und wiegen sich in ihrer Umarmung, als wollten sie einander nie wieder loslassen.

Alles ist gut, denkt Traute. Ich kann gehen.

Sie spürt, dass es nicht richtig wäre, weiter zuzusehen. Alles ist ja gut.

Aber als sie schon ein paar Schritte gegangen ist, dreht sie sich noch einmal um. Jakob und seine Mutter gehen in der entgegengesetzten Richtung davon, Hand in Hand, und Jakob hat seinen Kopf an die Schulter der Mutter gelehnt und trägt einen kleinen Pappkoffer.

Wohin wollen sie denn?, denkt Traute verblüfft. Jakobs Versteck ist doch bei uns! Die Richtung ist doch ganz falsch!

Oder vielleicht auch nicht, woher will sie das wissen. So vieles war schließlich falsch, und was sie lange für die Wirklichkeit gehalten hat, war gar nicht die Wirklichkeit. Und Friedrich ist in Wahrheit Jakob, und alles ist anders, als sie viele Jahre lang geglaubt hat.

Traute zuckt die Achseln. Wir werden ja sehen, was wird, denkt sie. Dann geht sie langsam zurück über den Kanal und durch die Trümmer.

Alles ist anders. Und wer weiß. Vielleicht wird wirklich alles gut.

BEGRIFFE UND EREIGNISSE
(in alphabetischer Reihenfolge)

Appellplatz

Ein Platz, auf dem – meist in militärischer Aufstellung – »angetreten« wird, um von Vorgesetzten einen Befehl oder eine Handlungsanweisung zu bekommen. Ursprünglich gab es den Appellplatz nur in Kasernen oder Garnisonsstädten. Im Nationalsozialismus existierten sogenannte Appellplätze aber auch auf Parteitagen, in Gefängnissen und Konzentrationslagern.

Aufräumungsamt

Eine Abteilung der Hamburger Bauverwaltung, deren Aufgabe es war, die Folgen des Bombenkrieges gegen Hamburg zu beseitigen. Damit war vor allem das Trümmerräumen gemeint. Bei Kriegsende gab es in Hamburg 43 Millionen Tonnen Trümmer und Bauschutt. Damit hätte man die Hamburger Außenalster 23 Meter hoch befüllen können.

Bezugsschein

Ein amtliches Dokument, um in Krisenzeiten Waren und Gegenstände des täglichen Bedarfs zu erhalten, die rationiert und im freien Warenhandel nicht mehr unbegrenzt erhältlich waren. Der wichtigste und am weitesten verbreitete Bezugsschein war die Lebensmittelkarte (s. dazu auch Lebensmittelkarte).

Blockwart

Der Blockwart war ein niedrigrangiger Funktionär innerhalb der Organisation der Partei der Nationalsozialisten NSDAP. Aus der eigentlichen Bezeichnung »Blockleiter« wurde im täglichen Sprachgebrauch der »Blockwart«. Er war für bis zu sechzig Haushalte zuständig und hatte dabei für die Verteilung der Lebensmittelkarten zu sorgen. Aber auch für das Melden von »Judenfreunden« und die richtige »nationalsozialistische Haltung der Volksgenossen« in der ihm anvertrauten Nachbarschaft.

die Braunen

Alltagssprachliche und meist abfällig gebrauchte Bezeichnung für die Gesamtheit aller Nationalsozialisten. Geht zurück auf die braunen Uniformen der gefürchteten Schlägertruppe der NSDAP, der Sturmabteilung (SA).

Cadbury

Eine britische Schokolade in Riegel- und Tafelform, die in der Nachkriegszeit vor allem in der britischen Besatzungszone bei vielen deutschen Kindern und Jugendlichen bekannt und beliebt war. Britische Soldaten hatten häufig Schokolade von Cadbury bei sich und verschenkten sie manchmal an deutsche Kinder.

Denazifizierung

Bezeichnung für eine behördliche Maßnahme der alliierten Siegermächte in der Nachkriegszeit (heute spricht man eher von Entnazifizierung). Ab Juli 1945 sollten alle infrage kommenden Deutschen (und Österreicher) eine behördliche Prüfung durchlaufen. Dabei mussten sie nachweisen, wie sie sich während der Zeit des Nationalsozialismus verhalten und was sie getan hatten. Von der abschließenden Beurteilung hing ab, ob man z. B. ein Berufsverbot erhielt oder sich gar vor Gericht verantworten musste. Die Denazifizierung war der Versuch der Siegermächte, den Einfluss des Nationalsozialismus auf die deutsche Gesellschaft zu beenden.

deutschblütig

Das Wort leitet sich aus der Rassentheorie der Nationalsozialisten ab, wonach Menschen »deutschen Blutes« angeblich in jeder Hinsicht wertvoller sein sollten als Menschen »fremdartigen Blutes«. Das Adjektiv diente also vor allem dazu, Menschen abzuwerten und auszugrenzen. Dazu gehörten z. B. Juden, sogenannte jüdische Mischlinge 1. und 2. Grades, schwarze Menschen, Asiaten, Slawen, Sinti und Roma.

HJ-Führer

Anführer in der Hitlerjugend (kurz: HJ), dem ab 1933 einzigen staatlich anerkannten Jugendverband in Deutschland. Ziel der HJ war es, Jugendliche im Sinne des Nationalsozialismus zu erziehen. Diese wurden in der Jugendorganisation von nur wenig älteren »geführt«. Zehnjährige etwa von Zwölfjährigen, die unbedingte Autorität besaßen, Befehle erteilen und Bestrafungen anordnen durften. HJ-Führer selbst konnten nicht zur Rechenschaft gezogen werden.

Einquartierung

Die zwangsweise Aufnahme von Flüchtlingen und Vertriebenen – meist aus dem Osten des damaligen Deutschen Reiches – in private Wohnungen, Häuser und Bauernhöfe. Angeordnet wurde dies meist durch sogenannte Wohnraumkommissionen. Durch die erzwungene Einquartierung kam es häufig zu Spannungen und Konflikten zwischen den ursprünglichen Bewohnern und den einquartierten Flüchtlingen.

Enttrümmerung

Darunter verstand man das Entsorgen von Bauschutt und Trümmern, die durch den Bombenkrieg entstanden waren. Aber auch die Bomben-Blindgänger in den Ruinen wurden beseitigt, um die Straßen, Wege und Schienenwege der Stadt wieder benutzbar zu machen.

Evakuierungsbefehl

Ist in seiner ursprünglichen Bedeutung eigentlich der Befehl, Soldaten oder Zivilisten räumlich aus einer gefährlichen Situation zu entfernen, z. B. bei Katastrophen. Von den Nationalsozialisten wurde das Wort aber auch als Verschleierungsbegriff für die organisierte Verschleppung von Juden in die besetzten Ostgebiete verwendet.

Feindpropaganda

Eine angeblich falsche, gezielt vom »Feind« gestreute Nachricht, um zu desinformieren und die Moral der deutschen Bevölkerung zu schwächen. Daher wurde ihr Wahrheitsgehalt von vielen Menschen angezweifelt. So haben unmittelbar nach dem Krieg viele Deutsche das nun öffentlich gemachte Geschehen in den Konzentrationslagern als Feindpropaganda, und damit als Lüge, abgetan. Sie unterstellten den Siegermächten, solche Meldungen bewusst zu verbreiten, um die Ehre des deutschen Volkes zu beschädigen.

fraternisieren

Bezeichnet die zwischenmenschliche Annäherung von Besetzten zu Besatzern und umgekehrt. Den Besatzungssoldaten der Alliierten waren Kontakte oder gar das Freundschaftschließen mit den besetzten Deutschen verboten. Das Verbot wurde von den Soldaten aber weitestgehend ignoriert und auf Dauer nicht aufrechterhalten.

Gauleiter Karl Kaufmann

Der Gauleiter hatte das höchste Parteiamt vor Ort inne. Karl Kaufmann war von 1929 bis 1945 Gauleiter von Hamburg. Deutschland war in der Zeit des Nationalsozialismus in 43 »Gaue« (Regionen) aufgeteilt. 1936 wurde Kaufmann auch die Landesregierung übertragen. Durch seine Machtfülle wurde er zu einer Art »Super-Bürgermeister« und war damit hauptverantwortlich für die NS-Politik und -Verbrechen in Hamburg während der Zeit des Nationalsozialismus.

Gestapo

Die Geheime Staatspolizei (Gestapo) war die 1933 gegründete politische Polizei, deren Aufgabe es war, »Staatsfeinde« aufzuspüren und auszuschalten. Sie konnte Menschen, auch ohne Gerichtsurteil, in Haft nehmen, ins Konzentrationslager schicken oder ermorden. Ihre Brutalität und Grausamkeit war gefürchtet. Die Gestapo hatte erheblichen Anteil an der Ermordung der Juden Europas. Nach dem Krieg wurde sie als »Verbrecherische Organisation« eingestuft.

jüdisch versippt

Eine abwertende Bezeichnung für »deutschblütige« Menschen, die eine Person jüdischer Abstammung geheiratet hatten, also in einer sogenannten Mischehe lebten. »Jüdisch Versippte« wurden diskriminiert und ab 1943 auch zur Zwangsarbeit herangezogen.

Jungvolk

Teil der Hitlerjugend für zehn- bis vierzehnjährige Jungen (s. dazu auch HJ-Führer).

Kameradschaft

Das Wort stammt ursprünglich aus dem Militär und bezeichnet die menschlichen Beziehungen innerhalb einer Gruppe. Dabei sollen sich die Angehörigen dieser Gruppe untereinander loyal und solidarisch verhalten. Die Nationalsozialisten dehnten den Begriff auf große Teile der deutschen Gesellschaft aus – so gab es Kameradschaft nicht nur in ihren Parteiorganisationen, sondern auch in vielen Bereichen der Arbeitswelt.

Kennkarte

Ein Identitätsnachweis wie unser heutiger Personalausweis – mit persönlichen Daten, Passbild und Fingerabdrücken. Alle Deutschen über fünfzehn Jahre mussten eine Kennkarte besitzen. Darin war auch vermerkt, ob der Inhaber Jude war. 1951 wurde die Kennkarte durch den Bundespersonalausweis abgelöst.

Knaster

Eine alltagssprachliche Bezeichnung für selbst angebauten Tabak. Wegen der allgemeinen Zigarettenknappheit am Ende des Krieges und in der Nachkriegszeit war der private Tabakanbau weit verbreitet.

Lebensmittelkarte

Ein Bezugsschein, der zum Erwerb von Lebensmitteln berechtigte. Es gab verschiedene Klassen. So erhielten Menschen, die körperlich hart arbeiteten (z. B. im Bergbau) höherwertige Lebensmittelkarten. Juden bekamen die schlechteste Karte, die im Volksmund »Hungerkarte« genannt wurde.

Organisation Todt (OT)

Bautruppe, die nach ihrem Führer Fritz Todt benannt wurde und während des Krieges zahlreiche staatliche Bauprojekte ausführte. So baute die OT u. a. den Atlantikwall an der europäischen Westküste. Ab 1943 war sie wegen der massiven Bombenangriffe auf Deutschland durch die Alliierten auch für den Ausbau von Luftschutzanlagen für die Bevölkerung und die Verlagerung von Industrieanlagen unter die Erde zuständig. In der Organisation Todt kamen Zwangsarbeiter, Kriegsgefangene und KZ-Häftlinge zum Einsatz.

Ostpreußen

Die nordöstlichste Provinz des damaligen Deutschen Reiches. Im letzten Kriegsjahr flohen zahlreiche ostpreußische Deutsche vor der angreifenden russischen Armee in den Westen. Heute gehört Ostpreußen zu Polen und Russland.

Panzerfaust

Eine seit 1942 eingesetzte Waffe zur Panzerabwehr, die von einem einzelnen Soldaten im Kampf gegen feindliche Panzer verwendet werden konnte. Am Ende des Krieges wurde sie in hoher Stückzahl hergestellt und auch an die zivile Bevölkerung ausgegeben.

Pommern

Eine nordöstliche Provinz des damaligen Deutschen Reiches, aus der am Kriegsende sehr viele Menschen vor der russischen Armee nach Westen flohen. Pommern gehört heute zu Polen.

Rassenschande

Ein nationalsozialistischer Rechts- und Propagandabegriff. Sexuelle Kontakte, Liebesbeziehungen und Eheschließungen zwischen »deutschblütigen« und jüdischen Menschen waren verboten und wurden als Rassenschande bezeichnet. Dies galt auch für Beziehungen »Deutschblütiger« zu schwarzen Menschen, Sinti und Roma usw.

Reichssicherheitshauptamt

Ein Amt der Schutzstaffel (SS). Das Reichssicherheitshauptamt hatte die Aufgabe, »Staatsfeinde« zu bekämpfen. Hier wurde die Vernichtung der Juden organisiert und koordiniert. Geschaffen wurde es 1939 durch die Vereinigung der amtlichen Sicherheitspolizei und des parteieigenen Sicherheitsdienstes (SD) der NSDAP.

Sammelbögen

Beim Einkauf schnitt der Kaufmann von der Lebensmittelkarte die Marken der Waren aus, die der Kunde erwarb. Diese Marken klebte er auf Sammelbögen, für die er einen Bezugsschein erhielt, mit dem er beim Großhändler neue Ware bestellen konnte.

Schlesien

Eine östliche Provinz des damaligen Deutschen Reiches, aus der gegen Ende des Krieges sehr viele Menschen vor den Russen nach Westen flohen. Schlesien gehört heute größtenteils zu Polen und Tschechien. Niederschlesien gehört zur Bundesrepublik Deutschland.

Tante Meier

Eine in Hamburg gebräuchliche Redewendung, die den Gang zur Toilette ankündigte. Sie geht zurück auf die französische Besetzung Hamburgs im frühen 19. Jahrhundert. Die Franzosen sagten, sie wollten das »tente majeure« (auf Deutsch: das »Hauptzelt«) aufsuchen, womit die Latrine gemeint war. Der Hamburger Volksmund machte daraus erst »tantmajör«, woraus dann schließlich »Tante Meier« wurde. Dies galt als etwas weniger derb als »Ich muss aufs Klo!«.

Untermenschen

In der Rassenideologie der Nationalsozialisten bezeichnete dieser Begriff diejenigen Menschen, die den sogenannten deutschen »Herrenmenschen« kulturell und rassisch vermeintlich unterlegen sein sollten. Das unterstellte »Untermenschentum« diente den Nazis als entscheidende Rechtfertigung, ganze Völker zu berauben, zu versklaven und sogar zu töten. Während des Krieges wurde der Begriff vor allem in der deutschen Propaganda in Bezug auf Juden und die slawischen Völker Europas verwendet.

Verdunkelung

Um bei Fliegerangriffen den feindlichen Bombern die Orientierung zu erschweren, gab es während des Krieges eine Pflicht zur nächtlichen Verdunkelung. Aus Wohnräumen durfte kein Lichtschein nach außen dringen, die Straßenbeleuchtungen waren abgeschaltet. Sogar die Innenbeleuchtung von Bussen und Bahnen im städtischen Nahverkehr wurde abgeschaltet.

Vermögensverwertungsstelle

Die Vermögensverwertungsstelle war für die Erfassung, Verwaltung und Verwertung des Vermögens der deportierten, ausgewanderten oder verstorbenen Juden zuständig.

wehrunwürdig

Die Wehrunwürdigkeit schloss die Betroffenen von der »Ehre« aus, für das Deutsche Reich Militärdienst zu leisten. Als wehrunwürdig galten Vorbestrafte, Juden, teilweise »jüdisch Versippte« oder Deutsche, die zuvor in ausländischen Armeen gedient hatten (z. B. in der französischen Fremdenlegion).

Zinswucherer

Ein abwertend gemeinter Begriff, der ein antijüdisches Klischee bediente. Demnach wurde behauptet, dass viele Juden als Geldverleiher tätig seien und dabei ihre nicht jüdische Kundschaft übervorteilten.

DANKSAGUNG

Kein Buch verdankt seine Entstehung ja allein seinem Autor, seiner Autorin: Aber wie viele andere Menschen notwendig sind, damit es schließlich zu seinen Leser:innen kommen kann, ist bei mir von Titel zu Titel ganz unterschiedlich – und auch, wie viel Recherche nötig ist.

Beim Schreiben von *Heul doch nicht, du lebst ja noch* habe ich – geboren fünf Jahre nach dem Ende des Zweiten Weltkriegs – mich ständig erinnert an die frühen Erzählungen meiner Mutter, meiner älteren Cousins und Cousinen, meiner Tanten beim gemeinsamen Abwaschen und Abtrocknen von Geschirr nach dem Mittagessen oder Kaffeetrinken bei Familienfesten in den Fünfzigerjahren: Ihnen allen gilt darum ein erster Dank. Durch ihre Unterhaltungen habe ich allmählich verstanden, was die Trümmer, in denen ich als Kind mit anderen Kindern ebenso vergnügt gespielt habe wie Kinder heute auf unseren Spielplätzen, tatsächlich bedeuteten.

Aber beim Schreiben war natürlich zusätzlich noch vieles an Recherche notwendig: Zu den allgemeinen historischen Fakten, aber auch zu konkreten Detailthemen wie Lebensmittelmarken, öffentlicher Nahverkehr sechs Wochen nach Kriegsende, Einquartierungen, Schwarzmarkt …

Am meisten am Herzen lag mir die Recherche zu Jakobs Geschichte. Zum Glück gibt es in Hamburg viele Möglichkeiten, sich mit dieser beschämenden und erschreckenden Facette unserer Geschichte zu beschäftigen, und alle Menschen, mit denen ich in diesem Zusammenhang gesprochen, während des Corona-Lockdowns häufig auch nur telefoniert oder gemailt habe, waren unglaublich großzügig und unterstützend.

Mein erster Dank gilt hier der namenlosen Mitarbeiterin des Info-Pavillons am Gedenkort Hannoverscher Bahnhof, von wo aus über achttausend Juden und Jüdinnen in den Tod geschickt wurden. Sie hat mir erste Hinweise gegeben, wo und wie ich weitersuchen konnte.

Dr. Kristina Vagt von der KZ-Gedenkstätte Neuengamme hat mir in mehreren Telefonaten weitergeholfen mit wichtigen Literaturtipps und sogar einem Packen Kopien. Ihr gilt mein besonderer Dank für die Bereitschaft, mich in der Frühphase des Buches zu unterstützen, als Jakobs Geschichte auch für mich selbst noch schemenhaft war. Ohne ihre Hinweise wäre ich kaum weitergekommen.

Und auch ohne die beiden erschütternden Bücher *Die Verfolgung und Ermordung der Hamburger Juden 1933–1945* und *»Jüdische Mischlinge«. Rassenpolitik und Verfolgungserfahrung 1933–1945* von Dr. Beate Meyer vom Institut für die Geschichte der deutschen Juden hätte *Heul doch nicht, du lebst ja noch* gar nicht geschrieben werden können. Bei dieser oft unerträglichen Lektüre hat sich in meinem Kopf Jakobs Geschichte Stück für Stück zusammengesetzt. Ich habe unendlich viel über die Shoah in Hamburg hinzugelernt – Dinge, die ich über meine Heimatstadt vielleicht auch lieber nicht gewusst hätte. Besonders dankbar bin ich Dr. Beate Meyer dafür, dass sie sich dann sogar noch bereit erklärt hat, das Manuskript auf seine Richtigkeit zu überprüfen. Ganz herzlichen Dank!

Und jetzt endlich kann ich mich auch einmal bei meiner inzwischen jahrzehntelangen Lektorin Susanne Klein bedanken: Susanne, du bist großartig! Egal, wie sorgfältig ich recherchiert habe, immer bleibt doch ein Rest Sorge, dass ich trotz allem etwas übersehen, unwissentlich Fehler eingebaut haben könnte. Aber inzwischen weiß ich, dass Susanne alles noch einmal sehr genau nachrecherchiert, zusätzliche Quellen auftut – und danach fühle ich mich dann wirklich sicher. Darum gilt dieser Dank ihr nicht nur für dieses Buch, sondern auch für alle von ihr lektorierten Bücher vorher!

Dem Historiker Tilman Baucken danke ich für die endgültige Überprüfung der historischen Fakten. Ihm verdanke ich einen Hinweis zu den letzten Flüchtlingsschiffen in Richtung Westen und konnte einen Fehler in meinem Manuskript daraufhin korrigieren.

Allen Mitarbeiter:innen im Oetinger-Verlag danke ich für die jahrzehntelange Zusammenarbeit, für ihre große Sorgfalt, ihr Engagement, ihre Überstunden, ihre Freundlichkeit, ihre Geduld und Nachsicht. Ganz besonders natürlich Christiane Schultz, die alle Fäden in der Hand hält und auch meine obskursten Anfragen, die sie eigentlich gar nicht betreffen, ohne Verzug an die zuständige Stelle weiterleitet – immer mit dem Hinweis, das wäre doch vollkommen in Ordnung so und überhaupt keine Mühe. Danke, Christiane, auch fürs Schwindeln!

Die vielen anderen im Verlag, durch die meine Bücher in die Welt kommen, kann ich hier nicht nennen – nach vielen, vielen Jahren der Zusammenarbeit stellvertretend nur Helga Blümlein, die sich um Veranstaltungen, und Judith Kaiser, die sich um Öffentlichkeitsarbeit kümmert. (Ach, und vielleicht auch noch Nina Horn und Silke Weitendorf und Thilo Schmid und Julia Bielenberg … Ich weiß schon, warum ich sonst keine Danksagungen schreibe! Immer, garantiert immer!, vergisst man wichtige Menschen.) Ich hoffe, alle anderen fühlen sich mitgemeint. Das sind sie nämlich.

Meiner großartigen, fröhlichen Assistentin Maren Strobel danke ich dafür, dass sie selbst im Sturm immer gelassen und kompetent den Überblick behält und die Dinge in Ordnung – und dafür, dass sie, wenn es nötig ist, energisch sein kann: gerade auch mir gegenüber. Ich hab Glück, dass es dich gibt, Maren!

Und zum Schluss danke ich noch meiner wunderbaren Agentin Sabine Pfannenstiel von der Agentur Andrew Nurnberg in London. Die Gespräche mit ihr während der Lockdowns, sei es per Telefon, Zoom oder Teams, haben mir die Gewissheit gegeben, dass es den Kontakt hinaus in die Welt noch gibt. Und dass er eines Tages auch wieder live werden würde.

Dass ich meiner Familie danke, ist sowieso klar. Wer Bücher schreibt, greift damit immer auch in den Alltag der ganzen Familie ein. Und braucht zwischendurch nicht nur handfeste Unterstützung beim Einkaufen, Kochen, Putzen, Waschen, sondern vor allem Gespräche: ernsthafte über die Dinge der Welt und des Lebens oder entspanntes Klönen; verplaudertes Spazierengehen; manchmal auch vertrautes Schweigen. Dafür, dass all das inzwischen seit achtunddreißig Jahren so gut funktioniert, danke ich euch!

Ganz bestimmt habe ich nicht nur einige, sondern viele Menschen vergessen. Bei ihnen entschuldige ich mich sehr.

Es war eine Freude, mit euch allen zusammenzuarbeiten – und zusammenzuleben!

Und was mir wichtig ist: Sollten sich trotz aller Sorgfalt doch noch Fehler im Buch finden, habe ich sie natürlich ganz allein zu verantworten.

Kirsten Boie, im Herbst 2021